MW01087929

Collection **L'Imaginaire**

Jacques Stephen Alexis

ROMANCERO AUX ÉTOILES

Gallimard

Jacques Stephen Alexis est né en 1922 dans la République d'Haïti. C'est un descendant de Jean-Jacques Dessalines, père de l'indépendance d'Haïti, première république noire (1904). Son père, journaliste, historien, romancier et diplomate, était l'une des personnalités les plus marquantes de la vie politique et intellectuelle de son pays.

Jacques Stephen Alexis grandit dans l'odeur de l'encre d'imprimerie et dans le feu des discussions littéraires et politiques. À dix-huit ans il fait un début remarqué avec un essai sur le poète haïtien Hamilton Garoute. Il crée et dirige la revue *Le Caducée*, fréquente un moment le groupe littéraire Comœdia, puis fonde La Ruche. Ce groupe se fixe pour mission « un printemps littéraire et social » qui coïncidera avec le voyage d'André Breton en Haïti. Il publie alors ses fameuses chroniques « Lettres aux hommes vieux » qui remuent profondément l'opinion jusqu'à la révolution de 1946 qui provoque la chute du président Lescot. En 1955, la publication de *Compère Général Soleil* le révèle à la fois comme poète et grand écrivain.

Le 23 avril 1961, Jacques Stephen Alexis, alors leader du Parti d'entente populaire, tente de rentrer en Haïti. À son débarquement il est capturé, porté disparu, et probablement assassiné sur place.

Pour Florence ALEXIS
et pour son cœur,
de la part de son papa,

J. S. A.

PROLOGUE

J'ai toujours eu les pieds poudrés. Poudrés de rosée fraîche, poudrés par la poussière des sentiers, poudrés par la farine des pluies, poudrés par les soleils de midi, poudrés par les pollens de la rose des vents, poudrés par le perlimpinpin des soirs, poudrés par le sable des étoiles, mes pieds marchent sans cesse dans les chemins de la vie.

Un matin au nombril à peine nubile, je trottais allégrement, sans souci, le nez en trompette, les oreilles en point d'interrogation, la bouche heureuse, les yeux presque fermés. Mes pieds poudreux m'amenèrent ce jour-là au sommet d'une haute montagne, pour sûr la plus haute montagne d'Haïti, cette infatigable montagneuse. Je vis une grotte devant moi. Fouille-au-pot comme je suis j'y pénétrai aussitôt.

Un vieillard était couché dans la grotte. Ce

patriarche endormi était tellement chenu que sa belle barbe, couleur d'une couleur que je n'ai ailleurs jamais vue, le recouvrait tout entier. Ce grison n'était qu'un tas de plumes soyeuses aux barbillons aussi longs, aussi translucides, aussi légers que l'air bleu de nos montagnes. Le tas respirait calmement, régulièrement soulevé et abaissé, et les fils arachnéens volaient et se posaient avec tant de musardise et de grâce que je m'arrêtai, bouche bée, pour le contempler.

J'étais tellement englué dans mon ravissement que je ne vis pas foncer sur moi une minuscule et luisante pipistrelle. Sentant quelque chose sur mon visage, je battis des mains précipitamment. Dans ma vélocité, je perdis l'équilibre et je tombai dans le tas de plumes douces et irréelles qui battaient, frileusement respirantes. D'un souffle le vieillard m'envoya dinguer. Je m'envolai parmi les lianes et les gouttes d'eau qui pleuvaient de la voûte et je retombai dans l'autre coin de la grotte, sur une couche de champignons noirs qui, fraternellement, amortirent ma chute.

Le vieillard, lumineuse cascade de fils impalpables, s'était dressé d'un bond, furieux. La pipistrelle éclata d'un rire aigu et ses prunelles, feux d'or ancien, pétillèrent de contentement et de malice.

« Pfuh !... Caramba !... Quel est le malotru qui ose venir me déranger dans mon som-

meil ?... J'ai volé toute la nuit d'île en île, de Caraïbe en Caraïbe, jusqu'à la terre d'Anahuac et je suis revenu avec le devant-jour, d'un élan... N'ai-je pas le droit de dormir un peu, à mon âge ?... Allons, approche, sacripant !... »

Je tremblais comme une feuille. Le vieillard s'approcha vivement de moi et me pinça l'oreille :

« Allons !... Vagabond !... Tu dois approcher quand je te parle !... Tu oses au surplus manquer de respect à ton grand-oncle ?... »

L'étonnant et alerte vieillard était ébouriffé comme la plus longue comète qui se puisse imaginer. Il étincelait plus que la lumière.

« ... Ainsi, tu oublies même les usages ? Tu ne demanderas pas pardon à ton grand-oncle, le Vieux Vent Caraïbe ?... »

J'écarquillai les yeux plus encore que la pipistrelle. Ainsi, j'avais devant moi mon aïeul, le Vieux Vent Caraïbe, l'immémorial et légendaire ménétrier, le plus grand Samba de toute la Caraïbe. Depuis un temps que nul ne peut dire ce vieux drille chante, danse, musarde, se musse, musique et fredonne au long des âges nos belles histoires de jadis, de naguère et de toujours. Il est le père des gentils alizés, du nordé taquin, du suroît fraternel, père de tous les vents qui gambadent sur nos îles et sur le continent de notre méditerranée centro-américaine, et les hurricanes eux-mêmes, adolescents inconscients et méchants, malandrins fous qui ne nous viennent voir que pour piaffer, ricaner, déchirer les nids et les rêves, se prétendent ses fils prodigues... Ce vieux recors, le plus vieux témoin de nos âges anciens, des chimères, des luttes et des merveilles de tous les peuples haïtiens, nos ancêtres les Ciboneys, nos aïeux les Chemès et les Caraïbes, nos pères nègres et zambos, ce vieux birbe, croque-note édenté, me regardait d'un air rogue et bon enfant.

« ... Allons, sans aveu !... Répondras-tu enfin ?... Pourquoi et comment as-tu osé me déranger ?... »

Je me jetai dans les bras chancis de mon aïeul aérien.

Il m'enveloppa tendrement, hocha la tête, chuinta et se renfrogna :

« Maintenant je ne pourrai plus me rendormir ! A mon âge on a le sommeil rare et fragile... Tu as brisé en mille morceaux le petit cristal de sommeil que j'avais ramassé la nuit dernière. C'est malin !... Pour la peine, je ne te laisserai pas partir !... Tu es condamné à tenir compagnie au vieillard chenu et radoteur que je suis devenu ! Que veux-tu, un jour, toi aussi tu connaîtras la rouille des ans !...

— ... Tonton, je vous assure, ce n'est pas ma faute... C'est une pipistrelle aux yeux d'or...

— Comment ! Cette coquine était ici ?... Sache que tu ne dois plus amener cette sotte !... »

Peu après mon oncle, le Vieux Vent Caraïbe, reprenait sa bonne humeur.

Il dansa la Danse des Joies Anciennes. Les spirales de ses bras, les serpentins de sa barbe, les sifflets de sa voix dessinèrent pour moi les sambas d'Anacaona la Grande. Il recréa à mes yeux le mirage de La Fleur d'Or, et je la vis, ballant devant son peuple rassemblé la capture du terrible Caonabo par les conquistadores. Le Vieux Vent Caraïbe, tous les poils de sa barbe déployés, tourbillonnait et papillotait, musical, royal, enchanté.

« ... *Assez dansé !...* »

Et il s'assit tout essoufflé. Je grimpai sur ses genoux. C'est alors qu'il me conta une des plus belles histoires de l'inépuisable Romancero :

LE DIT DE BOUQUI ET DE MALICE

DIT DE BOUQUI
ET DE MALICE

« ... Tu connais Oncle Bouqui... Jamais il n'y eut, de mémoire de vent, gros balourd plus mazette, plus malchanceux ni plus couillon... Quant à Compère Malice que tout le monde connaît, je soupçonne fort cette maudite pipistrelle aux yeux d'or d'avoir quelque chose de commun avec lui. Je n'ai onques connu petit compain plus futé, plus malin, plus malandrin ni plus scélérat !... Enfin ! Le ciel fait bien ce qu'il fait !... D'ailleurs, je ne sais pas pourquoi, vous autres gens des plaines et de la côte, ne racontez guère plus une des plus fameuses aventures de cette inséparable paire de drôles... Qu'est-ce qui vous arrive ?... Oubliez-vous à ce point la fantaisie ?...

... Or donc, disais-je, il y avait dans le pays famine comme on n'en a par la suite revu, Dieu vous en garde !... Les roquets se campaient au pied des cocotiers, glapissant pendant des heures, puis se résignaient à s'élancer, tentant de grimper sur les colonnes lisses pour décrocher les noix que je balançais tant et plus... Je me demande même, quand par grand hasard ils réussissaient, — je ne l'ai jamais constaté —, comment ils se débrouillaient avec des noix aussi soigneusement empaquetées et entortillées par la nature. On peut même se demander si c'était les aboyeurs qui profitaient de l'aubaine. Bien peu, hélas ! bénéficiaient de leur sueur !... Toujours est-il qu'il y avait famine, une terrible famine... Jamais les feuillages des champs n'ont été si bien élevés ! Non seulement moi, mais nul ne pouvait traverser les frondaisons sans qu'elles ne vous disent bonjour, vous demandent à boire, faisant crisser plaintivement leurs ramillons desséchés. La terre avait cessé d'être une belle et appétissante négresse, elle était presque blanche et ses cuisses grasses, ses beaux flancs, ses magnifiques mamelles, s'en allaient en poussière. Les oiseaux eux-mêmes, qui cependant voyagent loin, je peux l'assurer, ne trouvaient pas à manger. Les fourmilières avaient fort à faire, — le malheur des uns fait la richesse des autres —, elles n'avaient qu'à faire quelques pas pour saisir scarabées, vers luisants et insectes roidis. Si les abeilles rencontraient parfois des fleurs fanées du côté du nord ou du côté du sud, elles ne ramenaient que peu de liqueurs. Les bœufs étaient tristes et les ânes ne riaient plus du tout. Quant aux paysans, Général L'Artibonite [1], mon compère, me soit témoin, je ne les ai jamais revus si maigres et si flapis, or ils n'ont jamais été bien gras !... Quelle famine, mes aïeux !

Oncle Bouqui n'était pas rebondi comme à son ordinaire tel un sac de pois congo, — je dis que la bêtise rend gras —, il avait quelque peu maigri. Je le revois encore avec ses courtes pattes truffées de chiques [2] et de crabes [2], son ventre en accent circonflexe, ses bras biscornus et couverts de poils, son derrière trigemellaire et la grosse citrouille ramollie qui lui servait de tête; ses bajoues pendaient comme une vieille méduse qu'on aurait accrochée au soleil, la bouche en cul de crocodile, le nez en coccyx de macaque, les yeux de poisson-chat, et avec tout ça, noir comme le démon que Saint-Michel écrase sous ses longues poulaines en la Basilique Notre-Dame de Port-au-Prince... Il était toutefois clair que cet idiot n'avait pas le plus pâti de la sécheresse. Incroyable mais vrai, je ne sais comment, mais, la chance aidant, cette bourrique avait évidemment trouvé une cambuse, un galetas ou un champ de patates mal gardé. Ça ne devait pas être trop fameux, mais, grâce à Dieu, Oncle Bouqui ne se portait pas plus mal.

1. Fleuve d'Haïti.
2. Parasites de la plante des pieds.

Par conséquent, un peu moins bouffi, ce vieux couillon n'avait cependant pas cessé d'aimer sa vieille mère. Qu'on lui rende au moins cette justice, si justice il y a ici-bas, Oncle Bouqui a toujours été un bon fils. Sa maman, baderne toute gaga, cuir chagriné et roussi rempli de vieux os déformés, de tripes racornies et de restes desséchés de bidoche coriace, sa vieille maman n'était pourtant pas très belle. Ah ! un jour il se trouvera quelqu'un pour parler du bon cœur de notre Bouqui ! L'ancêtre avait cependant donné le jour à son avorton, toute sa vie elle avait trimé, bourlingué, troqué fatras pour poussière afin de le nourrir, c'était donc justice qu'il restât dans la tête obtuse de cet animal une pensée de reconnaissance et un peu de piété dans son cœur. Que les gens sur ce point prennent exemple sur Tonton Bouqui, et le pays ne s'en portera que moins mal !... Donc, voyant s'aggraver la sécheresse, percevant les tigres surgissant en plein midi, les caïmans se hasarder dans les hameaux, les « malfinis » et les condors entrer jusque dans les poulaillers, les requins bondir de l'eau pour saisir les baigneurs sur les plages et, qui pis est, considérant le visage des hommes, ses pareils, messieurs les chefs-de-section [1], les arpenteurs, les juges et autres bêtes féroces, l'Oncle n'eut pas beaucoup à

1. Policiers ruraux.

réfléchir pour deviner que s'il laissait à portée de main sa vieille mère impotente et gaga, on aurait tôt fait de la déchirer à belles dents pour la manger toute crue. Il demanda à la vieille ce qu'il fallait faire. Si vous croyez que les vieux gagas le sont au point de se laisser bouffer, vous vous trompez !... Oncle Bouqui suivit fidèlement les indications de la percluse.

Une belle nuit noire, les étoiles faisaient les folles au firmament, les crapauds coassaient douloureusement dans les mares desséchées et mon fils, l'alizé vespéral, faisait la balançoire sur la campagne, l'Oncle chargea Maman Bouqui sur son dos. Il portait également une corde, une poulie, une scie, un panier, quelques planches et la vieille casserole crevée de sa mère. Il se dirigea subrepticement vers la forêt; du moins, aussi adroitement qu'un balourd peut le faire... Personne ne le vit... Arrivé au pied du plus gigantesque acajou qui se puisse voir, il lâcha la vieille par terre. Les os de Maman Bouqui carillonnèrent comme un paquet de ferraille, mais il n'y avait pas de dommage. L'Oncle grimpa à l'arbre du mieux qu'il put et, peu après, il avait tant bien que mal échafaudé une sorte de cabane au faîte de l'acajou. Il fixa la poulie, posa la corde dans la gorge de celle-ci et redescendit. Maman Bouqui se fit attacher au bout de la corde et notre vieux macaque salé se mit à la hisser à l'aide de la poulie. Suant et soufflant, l'idiot la laissa bien retomber par terre quatre ou cinq fois, mais il parvint au bout du compte à élever sa mère jusqu'à la cabane... Les instructions étaient précises. Chaque nuit, notre couillon devait s'amener dans la forêt dès que la bougie de la dernière étoile serait allumée. La vieille commencerait alors à ululer comme chouette affamée et guiderait ainsi la mazette qui, au même moment, se mettrait à hennir comme bourrique. Alors la vieille laisserait filer la corde avec un panier au bout et Oncle Bouqui n'aurait qu'à y déposer les vivres qu'il apporterait : patates frelatées, ignames ou bananes blettes, sinon pelures ou trognons de légumes... Ce n'était donc pas trop difficile. Tant bien que mal, l'amour filial aidant, Oncle Bouqui accomplissait tous les soirs sa tâche... Il fallait voir déambuler ce couillon ! Il se croyait devenu intelligent et n'en était pas peu fier !...

Compère Malice lui aussi avait mussé sa vieille mère. Notre homme avait jusque-là réussi des coups fameux et parfois il était parvenu à détaler dans des situations désespérées, d'une façon qui tient du prodige, alors que des hameaux entiers poursuivaient l'illustre indélicat, avec des bâtons, des gaules, des fourches et de menaçants « catchapicas [1] »... La vie devenait de plus en plus difficile pour Compère Malice. Ah ! qu'en est-il de nous, grand Dieu,

1. Longues épées.

en dépit de toute notre finesse, quand les temps se mettent à devenir mauvais, les pluies rares et les rosées amères !... Compère Malice était un peu râpé et raplapla... Le vois-tu, cambrant orgueilleusement sa petite taille nerveuse, la badine à la main ? Il nageait indiscutablement dans son éternel costume blanc un peu jaunissant, — il n'avait pas de savon ! — son élégant panama était frangé et ses souliers vernis bien cirés laissaient, je crois, entrevoir son gros orteil. Cependant, derrière son lorgnon, l'œil était toujours vif, le même œil que cette maudite pipistrelle à la prunelle d'or !... Le nez aigu et pénétrant avait fané, mais la lèvre était toujours avantageuse et gourmande. Quant à moi, lorsque je le rencontre, si d'aventure je ne le reconnais pas, — ma vue baisse, je l'avoue, — à son visage je suis toujours tenté de lui donner le Bon Dieu sans confession. Or, il m'a bel et bien roulé quelques fois, tout Vieux Vent Caraïbe que je suis !... Sacré mulâtre rusé ! Maître Malice était bien dépéri, son cou déplumé ballait dans son faux-col liseré de crasse. J'étais ému !... Mais la tête de ce vaurien fermentait comme une guildiverie à la saison d'août, ses méninges jutaient et travaillaient comme le vin de canne à sucre en période de chaleur, sa cervelle moussait comme du mabi [1] bien fait. Il lui fallait coûte que coûte trouver

1. Bière paysanne haïtienne.

une combine régulière pour se tirer d'affaire, remplir son bide vorace qui criait midi à quatre heures du matin comme à cinq heures du soir et enfin sustenter quelque peu sa vieille mère qu'il avait lui aussi planquée, comme de bien entendu, dans un trou que je désignerai tout à l'heure.

Un jour, Maître Malice rencontra Oncle Bouqui roulant ses pattes dans un chemin bordé de mort-bois, de cactus valeureux, nopals vert d'eau ornés de fruits entêtés, rouges, rosacés, raquettes barbelées d'épines d'or, aloès gommeux et leurs fleurs désespérées. Oncle Bouqui semblait pressé.

« ... Hélas !... Comment conseiller Bouqui ? On ne dit plus bonjour à son vieil ami ?... »

Un coup d'œil avait suffi au madré pour juger de l'état du Bouqui. Il l'avait enveloppé, mesuré et pesé en amateur.

« Maître Malice, je ne vous dois pas le bonjour. Vous m'avez fait trop de misères. Je ne suis plus votre ami depuis belle lurette, et vous le savez ! bougonna le lourdaud de sa voix de basse enrouée.

— Quoi, mon frère ?... Mon grand-père ne connaissait-il pas votre grand-père ? Nos mères n'allaient-elles pas ensemble à la rivière ? Et quand je pense à mon enfance, c'est vous que je vois, Cousin Bouqui...

— Et les coups de bâton que vous me fîtes recevoir il n'y a pas deux mois, alors que je faisais le guet pour vous ?... Je ne sais si, comme on me l'a soutenu, vous l'aviez prévu ainsi et tablé sur ma bastonnade, mais le fait est que vous avez pillé le baril de crébétés [1] du chef-de-section, ce qui est justice... Où est ma part ?... J'ai ensuite travaillé à votre lopin. Où est mon salaire ?... J'ai encore été vendre pour vous des poulets au marché. Où est le coq que vous m'aviez promis ?... Non, Maître Malice, mes parents ont raison, vous n'êtes pas mon ami ! Vous n'estimez pas ma couleur ! On dit que les Malice n'ont jamais aimé les Bouqui. Bonsoir ! »

Depuis des années que Malice faisait la paire avec Bouqui et le bernait, il savait que répondre à cette sortie et, en y mettant le prix, il était sûr de venir à bout de l'entêtement généralement opiniâtre du corniaud.

« ... Causons, Cousin Bouqui !... Les nègres intelligents finissent toujours par s'entendre. Je peux vous expliquer tout depuis A jusqu'à Z. Je suis patient !... Les envieux savent que vous et moi, quand nous unissons nos forces, rien ne nous résiste. Ils vous en veulent autant qu'à moi, mais il n'est pas difficile de comprendre pourquoi c'est moi qu'ils calomnient... Voulez-vous que nous nous asseyons pour nous expliquer ?...

— Non !

1. Menu fretin salé et conservé en barils.

— Voulez-vous que nous causions en marchant ?...

— Non !

— ... Compère Bouqui, que vous dois-je en tout ?... Faisons nos comptes...

— Non !

— ... Compère Bouqui, je sais que personne n'a son content ces temps-ci, et moi le premier... Regardez-moi, Compère Bouqui... Mais on doit souffrir pour ses amis, car vous me semblez bien maigri... Tenez ! Voilà trois jours que je jeûne, bien que j'aie trouvé un petit mango; ne pouvant dormir, taquiné par le souvenir, me disant que mon frère Bouqui doit être en peine, j'espérais vous rencontrer. Prenez, ce mango est à vous !... »

Oncle Bouqui s'arrêta net. En un éclair il arracha le fruit des mains de Compère Malice et le dévora. Il s'assit, en mangea la peau, en avala même le noyau et se pourlécha les lèvres. Malice souffrait le martyre et regardait le déjeuneur avec des yeux d'envie, mais il se contint. Le jeu valait la chandelle.

« ... Maintenant, Cousin Bouqui, je vais vous donner une autre preuve de mon amitié désintéressée... Voulez-vous de ma fiancée ?... »

Tout un chacun se rappelle comment cet impudent de Compère Malice avait enlevé sa fiancée à Oncle Bouqui. Comment il l'avait ridiculisé ! Comment même il lui avait fait accepter une chabraque sur le dos, selle, croupière, mors et des brides dans la bouche, comment ensuite, chevauchant, cravachant et éperonnant le pauvre Bouqui, Compère Malice avait paradé sous le balcon de la fiancée ébaubie ?... Il s'agissait de la même donzelle, une petite grimelle [1] aux seins de banane mûre qui avait un caquet d'oiseau, chaude et pimpante comme le sont toutes les juments baies. Notre Malice poursuivit :

« ... J'ai eu des torts envers vous, Bouqui mon frère, je le confesse... J'ai commis là un gros péché. Mais j'avais mes chaleurs et votre fiancée était bien trop belle, bien trop musquée et appétissante... C'était d'ailleurs rendre hommage à votre bon goût. Mais je me suis bien vite rendu compte que c'est vous qu'elle aime, Cousin Bouqui... Nuit et jour, elle pleure. Elle n'a jamais cessé de vous aimer, de vous pleurer... »

Quelques instants après, je ne sais comment s'y prit Maître Malice, ni ce qu'il donna ou promit à la câpresse, mais celle-ci consentait à recevoir Oncle Bouqui... Cette jeunesse n'en était plus d'ailleurs à son premier coup. Les femmes sont les premières en malice, et la grimelle tirait bien chaque semaine, — Maître Malice l'ignorait —, dix-sept coups dans son

1. Négresse ou métisse aux cheveux plus ou moins blond hasardé.

arme... Malice était toujours jaloux, mais il était tellement réduit par la famine qu'il jouait son va-tout et aurait consenti à n'importe quoi pour reconquérir la confiance de Bouqui. Si les Malice sont orgueilleux, regardants, ombrageux et le plus souvent capons et lâches, ils ne sont pas souvent amoureux pour de bon... Enfin ! Et puis, de nos jours, femme vaut selon les prix du marché, pas vrai ? Triste, nerveux, mais digne, Maître Malice attendait devant la porte qu'Oncle Bouqui en eût fini, se disant que s'il faisait de la politique... Au fait, n'était-ce pas un grand coup de politique qu'il mijotait ? Sur le plan de la bagatelle, il y avait toujours un peu disette pour notre lourdaud. De son côté, ayant bien déjeuné, Oncle Bouqui s'expliqua sa bonne fortune en se convainquant d'avoir embelli, étant un peu moins bouffi. Le luxurieux s'ébaudissait, ahanait, raclait, geignait, piaulait de la belle façon, se ruant sans cesse sur le ventre odorant, radiant, suave, chaleureux, électrisé, caoutchouté et gourmand de la grimelle... La vie, c'est la vie ! Compère Malice en avait l'âme fendue, il écoutait tout ça, mais, bachelier en philosophie, il accepta patiemment son calice, tel un candidat ministre.

Oncle Bouqui revint tout ému, les genoux encore tremblants. Maître Malice lui glissa la main sous le bras. Il se laissa faire.

« ... Cousin Bouqui, je connais un petit coin

où, chose extraordinaire, la rivière doit couler encore à peu près... Je crois bien être le seul à en être informé, mais vous êtes mon ami, et ne puis accepter l'idée de garder par devers moi quelque chose que je ne partage avec vous. Venez, mon frère !... »

Oncle Bouqui n'aime pas l'eau, tout le monde le sait. Il protesta qu'il devait se mettre en quête de quelque pitance plus consistante. Mais Compère Malice l'arrêta net, affirmant qu'après lui avoir tant porté tort, — sans le vouloir, il le jurait —, il lui devait réparation et avait obligation morale d'user et de gaspiller son proverbial talent à dénicher ce qu'il fallait pour régaler tant et plus son cousin. Ce n'était pas chose aisée, mais la chance et l'inspiration aidant... Et il l'entraîna à la rivière.

L'eau était presque belle. Si ma mémoire est bonne, il y avait même une libellule. Parfois, en pleine sécheresse, il se rencontre dans nos montagnes si bleues et si judicieuses quelque veine secrète qui soudain se met à fuser, grossissant en un instant des rivières quasi mortes. Le fait est indiscutable, cela dure ce que cela dure, quelques heures dans les meilleurs des cas, mais les anciens le savent. Bouqui n'en croyait pas ses yeux, persuadé que c'était le ciel qui bénissait sa réconciliation avec son inséparable cousin. Il lorgnait ce dernier avec une ultime méfiance, cependant il était bien disposé à son endroit. Oncle Bouqui n'aime pas l'eau, tout le monde le sait, mais l'onde était en vérité presque belle. Celui qui a quelque peu déjeuné et au surplus s'est ébaudi, se laisse volontiers aller à admirer les belles choses. Compère Malice avisant les pieds truffés de chiques et de crabes de notre couillon, déclara qu'il était bon médecin et d'aventure chirurgien. Il usa de rudesse et d'amitié bourrue, lava lui-même les pieds du croquant, puis avec une épingle, il charcuta tant et si bien qu'il le débarrassa de presque toutes ses chiques et crabes. Malice baigna les pieds, les soigna avec des jus de plantes et ferma les crevasses avec un collodion végétal dont il avait la recette. Il ne restait presque plus rien dans la mémoire d'Oncle Bouqui des misères que pendant des années le scélérat lui avait fait subir. Nul soupçon, à peine une arrière-pensée, petite ombre dans son regard. Bouqui était tout heureux. Il sauta comme un ours, dansa, balla et déclara qu'il allait apprendre le fox-trot.

D'aucuns pensent que Compère Malice est grand initié, voyant, magicien, qu'il a un point merveilleux, moi, je n'en crois rien. Ce foutu compère est avant tout chanceux, d'une manière extraordinaire, et séduisant ! De nos jours presque tous les gens instruits sont autant sceptiques que cocus, ils s'en vantent, mais combien d'entre eux sont chanceux ?... Ce jour-là, chance dépassa talent, savoir-faire, finesse, génie que peut posséder ce mauvais mulâtre.

Maître Agouet'-Arroyo[1], mon illustre ami, qui est un dieu très puissant est également fumiste, turlupin, farceur, bon vivant, danseur de calinda comme il n'en reste peu parmi les Tomas d'Haïti. Du fond de l'eau, il regardait cette scène émouvante avec une surprise charmée, une admiration, un ravissement sans limites. Il lui plut de corser la situation... Maître Malice s'était donné beaucoup de mal et la faim le cisaillait, mais il lui fallait demeurer prudent et patient. Il lorgnait le fil de l'eau et même descendit dans le courant, se baigna pour tromper sa faim et, sans conviction, se mit à fouiller sous les pierres, essayant de découvrir quelques écrevisses. Il pataugeait ainsi, bredouille, quand il cria soudain comme seul un nègre d'Haïti peut le crier :

« ... Tonnerre me fende !... »

Un énorme, un formidable poisson filait dans la rivière à quelques brasses. Que Maître Malice le vît, ce frétillant mal gratté était déjà perdu. Maître Agouet'-Arroyo au fond de l'eau se mit au bastingage de son grand vaisseau de filigrane d'argent et de pépites d'or pour observer la scène...

Oncle Bouqui au bord de l'eau ronflait comme scie à chantourner. Compain Malice, lui aussi endormi, sifflait comme merle. Mes

1. Agouet'-Arroyo est le puissant dieu vaudou des eaux et des océans.

aïeux, quelle bombance ! Ils avaient, avec la disette, déjà oublié que cela pût exister. Compère Malice avait tenu, malgré les protestations de son ami, à faire la cuisine lui-même, — c'est un maître queux consommé. Bouqui avait tourné autour du poisson rôtissant que Malice accommodait de citron vert, de piment marose, d'herbes fines et odoriférantes. Notre madré fit un partage plus qu'équitable et pendant toute l'opération goinfre Bouqui l'avait observé sans relâche. Ainsi, comme à un frère, Compère Malice lui avait donné du poisson que seul il avait attrapé ! Il n'avait pas épargné soins, sueurs, brûlures, sans même demander au lourdaud d'aller quérir du bois. Ils bâfrèrent joyeusement, chantèrent, ballèrent dans les bras l'un de l'autre, se jurèrent amitié éternelle, sermentèrent de ne plus jamais se séparer et, ensemble toujours, d'aller l'amble cruelle et enchantée de la vie. Ils dégustèrent quelques sucrins, ô merveille !, que ne manqua pas de leur envoyer au fil de l'onde Maître Agouet'-Arroyo charmé. Nos dieux à nous sont humains. Enfin ils se saoulèrent aux calices des fleurs champêtres de liqueurs opimes. Ils poursuivaient leur concert dans un divin « cabizcha [1] »... Le Soir vint sur son trente et un. Tu connais le Soir, mon vieil ami. C'est un musca-

---

1. Petit somme, sieste; de l'espagnol cabizbajo : tête basse.

din qui fait le paon, qui fait la roue, croyant que le coucher de soleil est sa queue. Il sema ors, chromes et nickels sur les deux compères endormis. Maître Malice ouvrit un œil :

« ... Hé, frère Bouqui !... Réveillez-vous !... Je crois que ce coquin de Soir arrive. Il est capable de pisser serein et froidures sur les genoux, enfin de nous flanquer de bien méchants rhumatismes... Allons ! Venez !... Rentrons chez moi, c'est-à-dire chez vous donc, pour la vie et la mort !... »

Après avoir trimbalé Oncle Bouqui encore ensommeillé, Malice lui donna son lit de plumes et s'allongea sur le sol, sur la carpette, au pied du lit. Il n'y a guère à s'en étonner, certains grands politiques n'agissent pas autrement et s'allongent aux pieds de pire que Bouqui. Bouqui rêva. Il était devenu roi, empereur, président de la République, Archevêque de Port-au-Prince, « grand-don [1] », festoyait nuit et jour, donnait audience, faisant ripaille dans un âge d'or et une abondance nonpareille que bien sûr il avait amenés en se résignant à prendre les rênes du pouvoir, tous les pouvoirs. Les rêves ont une fin. Le lourdaud ayant dormi tout l'après-midi et le crépuscule, il ne pouvait plus profiter de sa déification. Il se réveilla avec la première étoile et se rappela qu'il n'avait pas apporté sa pitance à

1. Grand feudataire.

sa vieille mère. Malice guettait, faisant mine de dormir. En descendant de la couche, gauche et maladroit comme il l'était, Bouqui fit écrouler le lit qui était un peu vermoulu. Avec le fracas Malice poussa un cri :

« ... Quoi ?... Au secours !... A moi, frère Bouqui !... »

Malice faisait semblant de se frotter les yeux.

« Calmez-vous, Malice mon frère... En me levant, le lit s'est effondré... J'en suis confus, mais rien ne vous menace... Je suis là...

— Alors ce n'est rien, frère Bouqui, ce lit était bien vieux... Que voulez-vous, l'anolis ne donne à sa femme que selon la mesure de sa main !... On arrangera ça. Mais, où alliez-vous donc ?... N'étiez-vous pas bien dans le lit de plumes ?... Vouliez-vous donc vous sauver et abandonner votre frère ?...

— Non, mon bon Malice, jamais !... Entre nous, c'est amitié jurée éternelle !... Aussi, je ne peux rien vous cacher !... Si ces temps derniers je ne suis pas mort de misère, c'est que j'ai découvert quelque chose... »

Et de raconter à Malice attentif qu'il avait découvert un souterrain secret qui ouvrait sur la cave d'un paysan, un drôle qui avait fait des économies. Il y avait là un bon lot de patates, d'ignames et de mangoyos... Toutefois le trou d'entrée du souterrain étant fort étroit, juste assez large pour que le ventre de Bouqui y pût passer, il avait un mal inouï à s'y introduire chaque nuit. Parvenu, Bouqui ne devait rien manger, sous peine de ne pouvoir sortir, cependant il pouvait, à grand-peine, pousser devant lui quelques vivres et les emporter... Patates, ignames et mangoyos comme seule nourriture ne sont pas très nourrissants et si Bouqui s'était tant bien que mal sustenté, il avait néanmoins maigri...

Ce qui devait arriver arriva. Après une première expédition Malice chargea Bouqui de remporter à la maison le butin. Bouqui ne se fit pas prier, la consigne de silence sur la cachette de sa mère étant promesse jurée faite à la vieille. Bouqui restera toujours un idiot, mais aussi un bon fils, un brave nègre. Malgré les effusions et les joies grisantes d'une vieille amitié retrouvée, il respecta la volonté de sa mère. Petit et agile comme il l'était, Malice eut beau jeu de tout déménager du trésor du cul-terreux ladre; au cours de la même nuit il cacha le tout à proximité de sa maison... Le lendemain Bouqui ne trouva rien dans la cave, mais Malice dont l'amitié ne pouvait plus faire de doute, le persuada aisément que le drôle avait dû remarquer le préjudice et avait certainement tout enlevé. Malice mangea donc régulièrement, se rempluma un peu tandis que Bouqui claquait du bec et dépérissait à vue d'œil. Il faut reconnaître que Malice n'abandonna pas tout à fait son ami. Il comptait sur le couillon pour améliorer son ordinaire de patates, d'ignames et de mangoyos qu'il mangeait en cachette. Au cours des expéditions, Bouqui faisait le guet ou servait d'appât et recevait les coups de bâton. Malice pouvait toujours détaler à temps, emportant poulets, fruits et poissons et prétendre n'avoir rien récolté. De temps à autre cependant il laissait à Bouqui quelque chose avec une largesse et une ostentation toute royale. Bouqui était flapi, pestait contre les mauvais temps, mais bénissait les bienfaits de l'amitié, n'ayant jamais remarqué les entourloupettes du Malice. Bouqui avait le cœur tout à l'amitié et à la lutte pour la vie, courageux comme toujours. L'amble de la vie est cruelle, mais elle a ses merveilles. Même si elle ne lui rapportait au plus clair que des coups de bâton, l'amitié du Malice gonflait le cœur de Bouqui d'allégresse et il supportait mieux la faim. Malgré la famine qui se prolongeait et s'aggravait, je crois bien que les plus belles aventures de nos deux compères datent de cette époque. S'ils récoltaient de moins en moins, les prouesses qu'ils accomplirent au cours de cette disette sont des choses inoubliables que je te conterai une prochaine fois... On ne peut tout dire à la fois...

Le malitorne Bouqui était donc de plus en plus efflanqué et la vieille gaga, sa mère, n'eut pas grand-chose à se mettre sous la gencive. S'étonnant du fait que Bouqui ne parlait plus jamais de cette mère qu'il savait adorée, Malice s'était souvent interrogé à cet égard. Il se tut cependant. A quoi cela l'avancerait-il de parler de cette histoire ? Il ne ferait que faire naître le soupçon dans la tête obtuse de l'utile Bouqui... Le trésor volé au paysan s'épuisa et dans la campagne il n'y avait pratiquement plus rien à marauder. Cisaillé par la faim, un jour Malice s'ouvrit à Bouqui sur un ton de philosophe.

« ... Ah ! mon frère Bouqui !... Je ne t'ai jamais autant aimé !... Jamais nous n'avons connu temps aussi dur ! Et Dieu seul sait si nous en avons vu ensemble !... Qu'en est-il de nous pauvres humains ?... Nous sommes tous condamnés à mourir, bon gré, mal gré... Lorsque nous ne sommes plus capables de subvenir à nos besoins, ne faisons-nous pas tort à ceux que nous aimons et qui se sacrifient et souffrent pour nous ?... Nos mères ont fait leur temps, je crois. Nous les avons rendues heureuses comme nous avons pu, de tout notre cœur !... Elles souffrent, en vérité, de nous savoir dans une misère noire, je suis sûr qu'elles ne refuseraient pas de nous aider par le seul moyen qui reste à leur disposition... Bref, si nous mangions nos mères ?... »

Bouqui faillit étouffer et mourir d'indignation. Malice, se ravisant, remarquant qu'il avait gaffé, se mit à pleurer à chaudes larmes :

« ... Ah ! mon bon Bouqui !... Si je ne t'avais

pas pour me rappeler le devoir et la religion, nous aurions mangé ma pauvre mère !... Quel péché affreux aurais-je encore commis !... Tu es meilleur que moi, Bouqui !... Tu es un saint !... Et toute ma vie je prendrai exemple sur toi !... »

Bouqui embrassa Malice et ensemble ils pleurèrent sur la misère du temps, amèrement. L'amble de la vie est cruelle !...

Cependant, en allant voir sa pauvre mère, Bouqui redoubla de prudence. La baderne était dans une misère physiologique effroyable. Quand il ne trouvait pas des pelures de fruits, des épluchures, Bouqui pleurait à chaudes larmes, mais il était bien forcé d'apporter à sa mère une bouse de vache ou pis encore... Malgré les astuces du futé, la piété filiale du malitorne lui donnait presque du génie. Malice savait que Maman Bouqui était quelque part dans la forêt, mais il n'arrivait pas à découvrir la cachette. Jamais pareille famine n'affligea le pays. Bouqui et Malice avaient maigri jusqu'aux dents. Une nuit cependant, alors que la dernière étoile venait d'allumer sa chandelle, Bouqui pénétra comme à l'ordinaire dans la forêt, après avoir fait maints détours. La vieille se mit à ululer comme chouette qu'elle était et Bouqui à braire comme bourrique qu'il sera toujours, signal convenu. Malice cette fois avait réussi à suivre le lourdaud. Alors que Bouqui hissait, grâce à la poulie, quelques épluchures, il vit soudain Malice à côté de lui, l'observant...

Bouqui défendit sa mère avec tant d'acharnement têtu et la vieille gaga, aimant toujours la vie, déploya sagesse et prudence telles que le méchant Malice n'arriva jamais à ses fins. La vieille toupie faiblissait cependant chaque jour un peu plus. Bouqui était inquiet. Il fut contraint de s'en ouvrir à Malice, le seul chrétien vivant qui ait jamais fait cas de lui :

« ... Malice, mon frère, je crois que ma mère est gravement malade... Je me demande quelle maladie l'a pu atteindre, si haut perchée... Qu'en pensez-vous ?... »

Malice répondit naturellement qu'il connaissait la maladie dont souffrait Maman Bouqui et qu'il savait le remède infaillible à appliquer... Malice était bon médecin, ne l'oublions pas... Il déclara qu'il avait la recette d'un bain magique qui aurait tôt fait de rendre la vieille gaillarde et gaie comme un pinson... Il fallait seulement que des mains expertes appliquassent en même temps un massage savant, alors que la malade serait dans le bain de feuilles... La vieille ne pouvait plus parler, à peine arrivait-elle le soir à pousser un faible cri de chouette... Après avoir beaucoup réfléchi Bouqui accepta la proposition de son ami Malice.

Un soir, ils arrivèrent ensemble dans la forêt. Bouqui portait sur son échine une énorme baignoire pleine d'eau et Malice, les poches bourrées de feuilles médicinales le suivait. Au pied de l'acajou, Malice alluma un grand feu et posa dessus la baignoire. L'eau se mit à chanter à gros bouillons. A grand-peine nos deux inséparables réussirent à descendre la vieille à l'aide de la poulie, et Malice la plongea dans la baignoire d'eau bouillante. Il y déposa du cresson, du pourpier, du cerfeuil, du céleri, du thym, du laurier, du sel et du piment... Bouqui dansait de joie autour de la baignoire où ricanait sinistrement la vieille dans un ultime rictus de mort. Nous autres nègres, nous rions jusqu'à la fin !

« ... Compère Malice est vraiment un grand médecin, chantait Bouqui !... Regardez comment maman rit !... Maman est contente ! Elle sera bientôt guérie !... »

Cependant au bout de quelques heures il fallut bien se rendre à l'évidence, ce qu'il y avait dans la baignoire était un appétissant bouillon et que la vieille toupie était bel et bien morte... Bouqui pleura comme un désespéré, mais Malice le consola. La vieille avait fait son temps. Malice fut généreux et royal... Il donna une large part de bouillon à son frère Bouqui. Celui-ci versait des torrents de larmes, mais il mangeait de bon appétit. Malice enleva quelques quartiers de chair racornie pour les mettre à sécher afin d'en faire des grillades pour les mauvais jours...

....

La famine étranglait tout le pays. Il périt des cent et des mille de bons Tomas d'Haïti. Jamais ciel, terre, arbres, bêtes, gens, fleuves, vents, soirs, matins, dieux, ne furent plus malheureux. Nos deux compères battaient la campagne, désespérés, tentant obstinément de se maintenir en vie. Malice perdit toute prudence... Un jour ils se firent arrêter par un méchant chef-de-section comme il y en a tant. Ils furent envoyés en prison à la capitale... C'est peut-être pour cela que nous n'avons pas perdu et que nous ne perdrons jamais nos éternels et bons enfants Bouqui et Malice... Peu après leur arrestation, moi, Vieux Vent Caraïbe, fureteur et fouineur comme je suis, alors que je flânais sur une montagne je perçus une odeur nauséabonde... C'est ainsi que je découvris dans une grotte le cadavre de Maman Malice qui, elle aussi, avait péri. Bouqui fut donc vengé. La famine prit fin.

On me dira, neveu, conclut le Vieux Vent Caraïbe que Malice est un sacripant, qu'il est même un assassin et un criminel... Il y a de la vérité dans ce propos, mais qu'on ne s'empresse pas de porter un jugement aussi péremptoire et aussi définitif... Malice n'est pas mort, peut-être se corrigera-t-il ?... Et puis les temps sont durs et défigurent le visage des hommes !... Qui aime être un Malice ? Qui est heureux d'être Bouqui ?... Malice a toujours été trop intelligent et sa vie méprisable et répréhensible, c'est le sort des gens trop intelligents dans un pays cruel et misérable. Bouqui, malgré ses larcins, est bon enfant et bêtise n'est souvent que trop grande bonté.

On soutiendra que Malice a fait souffrir martyre à Bouqui, c'est vrai, mais je me demande si le compagnonnage de son compère n'a pas apporté quelque chose d'unique à l'incorrigible lourdaud et couillon... N'est-il pas exact qu'une fois, au cours d'une seule journée, par calcul il est vrai, Malice s'est comporté comme un véritable ami vis-à-vis de Bouqui ? Il lui a donné un mango, seule chose qu'il avait à manger. Il lui a offert une femme, que tous les deux ils aimaient. Il lui a lavé et soigné les pieds avec amour. Il lui a fait la cuisine et partagé avec lui sa prise en un temps de famine. Il lui a donné un lit de plumes, s'est allongé à ses pieds et témoigné les plus grandes marques de fraternité... C'est beaucoup... On objectera que Malice a mangé la mère de Bouqui, pourtant je ne crois pas que ce soit Malice qui s'est fait de plein gré mangeur d'hommes. Tout mangeur d'hommes qu'il était, il a partagé le bouillon avec l'idiot et je ne sache pas qu'il ait jamais tenté, quelle que soit la dureté des temps, de manger son compère... Ce n'est pas rien. Qui sait si le don intéressé d'une journée d'illusion de fraternité n'équilibre pas les déboires que le donateur a infligé au long des années ?... Tel est l'homme !... Tous ils recherchent la même chose, la joie, le bonheur et n'arrivent jamais à les trouver à notre époque... M'est avis que Malice et Bouqui ont été aussi malheureux et aussi heureux dans la vie l'un que l'autre, c'est pourquoi ils sont restés compères et qu'ils le resteront encore longtemps. L'amble de la vie est cruelle et enchantée, mais petit à petit les choses changent. Patience, neveu, un jour Bouqui fera sa philosophie !...

Ainsi me dit mon aïeul, le Vieux Vent Caraïbe, et il ne pleurait ni ne riait...

« ... Tonton, répondis-je au vieux Vent Caraïbe, vous êtes le plus grand « compose », « Tequina[1] *» et tireur de contes de chez nous, de vous j'ai tout à apprendre... Mais vous avez dit que nous semblions oublier, dans la plaine et sur les côtes, le vieil art de jadis et de toujours, bref que nous négligeons la fantaisie... Moi aussi je m'essaie à raconter les belles histoires, selon vos leçons. Vous me direz si c'était ainsi que l'on faisait naguère. Je vais vous raconter exactement comme je le fais les soirs de lune :*

LE DIT D'ANNE AUX LONGS CILS

---

1. Danseur et chorégraphe indien d'Haïti.

DIT D'ANNE
AUX LONGS CILS

Les enfants me dirent :

« ... Allons, vieux hâbleur, fou à la bouche musicienne !... Vois ! Les étoiles clignent leurs yeux pour la veillée. Allons, vieux menteur ! Allons, tireur, ne te fais pas prier !...

— Les contes, et vous le savez, se changent en tigres dévorants si la lune n'a pas encore battu la paupière. Il n'est pas tout à fait temps, mes cœurs !...

— Ainsi dit toujours le chanteur des carrefours, le « compose » des veillées et récitant des contes enchantés. Regarde ! Le serein tombe druement en fines aiguilles dans le cou. Viens sous le péristyle, griot, il est temps !

— Attendez que les anolis aient commencé à broder le soir de leurs arpèges...

— Tu ne veux rien entendre ? Allons !...

— Si fait, mes cœurs !... La vraie sagesse est de conserver comme un trésor ses yeux d'enfant

et leur cœur chaud ! Puisque anolis serein, lune et étoiles ont donné le signal, écoutez ! Toutefois, êtes-vous prêts pour les formules magiques ?...

— Si fait, griot ! Positive !...
— Cric ?
— Crac !
— Time-time ?
— Bois sec !
— Tout rond, sans fond ?
— Bague !
— Le capitaine est derrière la porte ?
— Balai !
— Le capitaine est sous le lit ?
— Pot de chambre !
— Petit-petit emplit la case ?
— Lampe !...
— Bougie !...
— Lumière !...
— Œil d'enfant !... »

Alors, sous les mille et cent pupilles des étoiles, les prunelles radieuses des paysans, l'œil rond des enfants, mes cœurs, mes compagnons de rêve et de galères, je tirai le conte des merveilles :

LE DIT D'ANNE AUX LONGS CILS...

Dans la succulence et le jaune de chrome des abricots, dans la fruitée perlière, la glace frileuse des suaves ananas, dans le pétillement des zestes et le rire aigu des jus de citron, dans la griserie des clairs sirops et l'esprit captieux des fleurs des champs, dans les odoriférants voyages des pollens fous, dans la chair nuageuse, capricante des parfums, vivait, dormait, était heureuse la petite Anne aux longs cils.

Ce vieux fou de Cyrillien, plongeur de la Grand Saline, pêcheur d'huîtres et de lune et jardinier de tous les coraux blancs de l'embouchure, m'a raconté la miraculeuse naissance d'Anne aux longs cils, fille d'une anémone de la mer océane et d'une mouette.

Létendard, le butor, l'effronté, menteur fieffé et colosse des montagnes des Cahos, le plus grand, le plus joyeux « simidor » de toutes les récoltes, veillées funèbres, enterrements et autres fêtes champêtres, soutient avoir vu de ses yeux, un grand petit matin, Anne aux longs cils sortir d'une rouge cerise de caféier sous le bec cruel d'un oiseau-mouche.

Le circonspect, le grave, l'irréprochable Antoine Langommier dont les yeux étaient deux étoiles, Antoine dont les regards transperçaient les temps et les espaces, Langommier qui voyait à travers la vie, disait qu'Anne aux longs cils jaillit d'un œuf de l'alizé du soir, d'un phantasme tourbillonnant du vieux Vent Caraïbe.

Avant que de partir —, quel vrai « compose » ne court pas l'aventure ? —, avant donc de quitter le beau pays de Tomas d'Haïti, avant que de courir le vaste monde, j'avais tenu à les interroger tous, une dernière fois. Tous. Les paysans aux odeurs de feuillages, les jeunes filles aux cuisses herbeuses, au sexe balsamique, les marinières à la bouche salée, aux soies sucrées, les commères au ventre aigrelet, les enfants aux babines tachées de lait de chèvre, les papaloas [1] aux barbes verdoyantes, les « pères-savanes [2] » aux hi-hans retentissants, les maréchaux de police rurale à l'œil bouilli-gros-sel, les spéculateurs en denrées des bourgades et

---

1. *Papaloas* : Prêtres de la religion vaudoue.
2. Anciens sacristains ou enfants de chœur connaissant le latin et faisant fonction de curés dans les campagnes.

leurs mâchoires d'âne, les cantonniers des routes, les trieuses de café aux doigts mécaniques, au gros poil pimenté, poivré, huilé de sueur, les tireurs de pintades, les tireurs de bâton et les tireurs de contes des veillées, les dockers au pas tambourinaire, les porteurs coquins et larrons de la Croix-des-Bossales, les salinières et les revendeuses de sel du Portail Saint-Joseph, les luisants coupeurs de canne à sucre du Cul-de-Sac, les maraîchères jureuses, piailleuses et ricaneuses, les marchandes de quincaille au verbe vésicant, les clochards égrillards et bons enfants, habillés de papier fou, de pantalons en dentelle de corde et de faux cols d'écume de rhum, les *manolitas* [1] à la fleur bleue intacte, aux grandes lèvres rouges et gonorrhéeuses, les « horizontales » à la joie lugubre, au pénil chauvi, avivé, ébouriffé par les coucheries, les « bouzins » sèches, au rire de chat funèbre, au vagin amer et musqué, les mendiants sculptés à grands coups de machette par la vie, parcheminés de jeûne et chagrinés de prières, les mécaniciens aux poings bleus d'huile lourde, mes frères, mes amis et tous mes compagnons de rêve et de galères. Il ne s'en était pas trouvé un seul qui eût ignoré le secret d'Anne aux longs cils.

Celui-ci la faisait naître de la copulation d'une source de Canapé-Vert et d'un papillon

1. Filles de joie.

de la Saint-Jean, celui-là l'avait vu éclore d'un grain de poudre, qui accusait le vieux requin borgne du Fort-l'Islet et une pelure d'orange, tel disait qu'elle avait mûri au milieu des pommes d'acajou au bout d'une branche habitée par une luciole épileptique, quel certifiait enfin qu'elle venait d'un duvet de marodème et d'une méduse violette.

Caillou rose, cri de cricri, poil de comète, scarabée, rayon d'argent, sucrin, clin d'œil d'enfant malicieux, poisson-docteur, rire de clochette, pétale de lune, écaille d'arc-en-ciel, lézard enchanté furent les pères d'Anne aux longs cils et sa mère, une pépite d'or, une écrevisse, une escarbille de silex, une joie ancienne, une poussière de charbon, une poule-à-jolie, une chanson d'avril, une goutte de lait, une « maîtresse-de-l'eau [1] » morte d'amour.

Toujours est-il qu'était heureuse la petite Anne aux longs cils, qu'elle vivait, qu'elle dormait dans la saveur des fruits, dans la tendresse des nuits d'été, dans l'humidité engourdissante des fleurs, dans les fusées des parfums et l'exubérance des bourgeons. Tout son corps frais et candide connaissait l'aurore, les saisons, la lumière. Avec la plante de ses pieds frais, sa joue en feu, sa cuisse qu'elle roulait dans les rivières, avec son ventre ingénu, sa

1. Nymphe des eaux.

nudité tiède qu'elle plaquait contre les arbres rugueux, ses seins muscats qu'elle frottait dans les terreaux humides des primes-matins, sa bouche ronde qu'elle imprimait dans l'argile grasse des vallées, son aisselle qu'elle collait contre le sol sec et rocheux des ravins, les lis noirs de ses bras qu'elle plongeait dans les boues des pluies des nuits, l'écheveau bleu de ses cheveux qu'elle livrait aux dents acidulées du nordé, avec tout son corps Anne aux longs cils pénétrait la vie.

Anne aux longs cils n'avait donc que trois sens pour percevoir le réel : le velours incarnat de sa bouche papilleuse, sa narine ovale, aiguë, creuse, la chair de poule de sa peau aux grains frileux. Pour affoler les plantes, pour faire frissonner les arbres et se refermer les fleurs, pour provoquer la panique dans l'air, pour saisir les chats-marrons, capturer les passerines, méduser le fretin et couper net le fil des rivières, elle avait son ultra-cri et son rire acéré qu'elle n'avait jamais entendus. Les crampes de sa faim dirigeaient sa langue sur les insectes sucrés, les pousses alcalines, les racines douces amères et l'anisette des fruits sauvages.

« Bonjour !... » criaient les désirs de son corps à la ramée, puis ils contaient fleurette à un empan d'humus giboyeux en insectes menus et ils faisaient la nique au grand ciel bleu.

« Anne aux longs cils ! Anne aux longs cils ! fredonnaient les saisons. Es-tu heureuse de nos caprices, de nos fluences, des odeurs, des goûts et des ciselures que nous t'apportons ?...

— Je suis heureuse ! Heureuse !... » répétait Anne avec ses longs cils devant les quatre grands cavaliers de l'année :

Printemps aux montures alezanes caparaçonnées de prairies en fleurs, sellées de mousse, bridées de lianes, sanglées de liserons, aiguillonnées d'ozone et cravachées d'ondées.

Eté, écuyer au galop sec, au trot dur, ses gants d'aromates et ses chaussettes de fenaison, Eté dru, cru, abrupt, chapeaux de cuivre, bottes de paille, éperons de soleil, Eté ménétrier des œufs, des sèves et des nitées, habillé de drap des champs, culotté de chausses mûries, ceinture de cris clairs à boucle de rire vermeil, Eté cavalcadour des ruts et des saillies.

Automne et ses lentes jumarts, Automne et ses limaçons, pintades grises, mordorures et moisissures, crabes des pluies, ramages roux, Automne mordanceur des plumages, Automne rouillé, Automne chasseur à cor, chasseur à cri, chasseur à courre, rabatteur de pelages et d'illusions.

Hiver cavalcant, Hiver mordicant, Hiver et ses pinçons, Hiver emmitouflé de laines et de brumes, lancier des froidures, escarpolette des vents, balançoire des derniers fruits pâles, quadrille blanc des poissons d'argent, manèges de chimères aux longues ailes, carrousel des lézards du temps dans les zibeliniers pâles, lentes spirales des agonies, parades des cendres et des mises en bière.

La danse des âges, les lises des ans, les marées et les jusants, laissèrent Anne sans une flétrissure, Anne aux longs cils, Anne aux trois sens, Anne et son cri, son rire qu'elle n'avait jamais entendu, Anne et ses quatre cavaliers servants. Les enfants, les jouvenceaux, les jouvencelles et celles qui n'ont point encore d'amoureux, les beaux messieurs-dames et ceux qui, dame, n'ont d'amour heureux, les vieilleux, les vieillards et les aïeules en vieilles hardes, chacun connaissait Anne, avait vu Anne, avait ouï Anne, grâce aux deux sens auxquels se fient le plus volontiers les humains : les yeux du cœur et les antennes de l'entendement. Les traces d'Anne aux longs cils se pouvaient retrouver partout, dans une cruche d'eau de source, dans une pincée de sable des grèves, dans toute poignée d'humus frais, dans le feu des joues, la pluie des paupières, la sécheresse des lèvres, dans les filigranes de l'air, dans les nuages, dans la lune et même en ce lieu de nous-mêmes où chacun se retrouve toujours seul, quoi qu'il fasse.

Ainsi vécut Anne aux longs cils, petite bouche-écrin ouvert, ronde narine-bague, tesson de peau frêle, cri-bijou menu, clochette de rire fluet au mitan du cœur de la vie. Nul ne peut dire, nul n'eût pu dire cependant depuis quand Anne roulait dans les espaces, ni son âge, ni le lait, ni la rouille de ses dents, ni la couleur exacte de ses cheveux couleur du temps. Il faut croire qu'Anne aux longs cils ne séjournait nulle part, qu'elle passait comme l'eau courante des ravins, ébouquetant les frondaisons, tisonnant la terre et la vie, bouclant de rondes ivres l'écorce accidentée de Quisqueya la Belle. Piqué par les mites du temps, rogné par les années, ces souris voyageuses, égratigné par les secondes félines, tourné à l'endroit par les jours, retourné à l'envers par les nuits, je m'en revins alors. D'avoir bourlingué de par le vaste monde, les paupières pâlies, un fil blanc au front et deux petits sillons au coin des yeux, je revins tout frileux, meurtri et heureux, vers ma Désirade au torse frisé de lumières et de nuances, ma terre aux bras fuselés, mon île aux jambes nerveuses.

Du plus loin que mes yeux devinèrent le visage souriant de ses montagnes, les chaleurs crêpues de ses hautes chevelures, ses tempes graineuses de maïs sec, le mil dur de sa nuque, les cordonnets et les carreaux de patates de son vertex et cette paille de riz de ses sourcils, mes doigts surent aussitôt qu'elle s'approchait. Ils la sentirent, frémirent et voulurent faire signe à l'Anne aux longs cils. La meute bleue de mes vagues, tous mes chiens fidèles de la mer, sautaient autour de moi, jappaient joyeusement et me léchaient les mains. A mon approche, les chapeaux coniques des montagnes du Nord se soulevèrent amicalement :

« Bonjour, frère ! dirent-ils... Et la santé ?...

— Bonjours, frères ! leur répondis-je... On se débat... Et vous ?...

— Comme ça !... Queussi quemi ! Car les pluies sont amères... »

Plus loin, c'était les palmiers de Bombardopolis qui m'appelaient, me jetant des poignées de dattes naines et dures :

« Honneur ! firent-ils... L'arbre qui est altier soutient qu'il voit loin, mais la graine promeneuse voit encore plus loin !...

— Respect ! répliquai-je selon les usages... Avez-vous vu l'Anne aux longs cils, cousins ?... »

Ils tournèrent leurs éventails flétris, se cachèrent le front et ne me répondirent pas.

Les tillons [1] clairs et les caracos bleus des cimes de Cahos me firent la révérence et m'offrirent dans la tasse dorée du ciel un café fort de nuages nègres avec des serpentins de fumets et des fumées.

« A votre service ! dirent-elles.

---

1. Coiffes faites d'un mouchoir noué, à la grande queue brodée et empesée.

— Si fait, mes brus ! répondis-je. Ah ! le bon café !... Vous êtes toujours bien honnêtes !... Mais où est l'Anne aux longs cils ?...

— Ça ira avec le reste du corps, murmurèrent-elles... Les temps sont durs et les rosées sont mauvaises, mais la main va, la main vient !... »

Elles sourirent tristement, montrant les grands chenets de leurs hautes dents. Je n'oubliai pas avant de boire la libation traditionnelle, et je versai une larme pour la terre, une goutte de café grisant pour nos morts qui y dorment. Mais les cimes, mes brus, n'avaient pas répondu à ma question.

Général l'Artibonite, mon vieil aïeul farouche et débonnaire, dans son lit de parade, portait toujours grand uniforme de tussor, ses épaulettes d'alluvions, aiguillettes d'épis et galons orangés. Les vieux caïmans s'alignaient au garde-à-vous sur les berges. Des bananiers châtrés tout verts passaient au fil de ses épées. Les campêches coupés violets processionnaient comme des prélats autour du sinueux patriarche. Mes petits cousins noirauds et turbulents sautaient sur ses genoux liquides, se coulaient entre le poil de ses culottes et lui tiraient la barbe aux grands flots dédorés.

« Qui va là ?... cria le fleuve d'un ton rogue.

— Tonton, c'est moi, ton neveu qui revient !... »

Alors, pour me montrer qu'il était toujours ingambe, en bienvenue, il tira un tonitruant coup de canon. Le bonhomme avait cependant vieilli. Il baisse. Peut-être était-il devenu sourdingue qu'il détourna la tête quand je m'enquis de l'Anne aux longs cils ? Fidèle aux usages, je lui lançai une barque pleine de toutes les fleurs, fruits, gâteaux, bonbons, vins et liqueurs dont j'avais chargé ma besace autour des continents.

En me voyant arriver, les grèves de Montrouis me lancèrent des coralins[1] de cocoyers au lait, frais coupés. En s'ouvrant, les noix pleuraient et disaient :

« Adieu, mon « fi » ! Au jour de la déveine, l'innocent lait de coco peut lui aussi vous casser la tête, mais un bon petit chez soi vaut mieux qu'un grand chez les autres !...

— Merci, cousines ! leur répliquai-je, mais savez-vous où est allée l'Anne aux longs cils ?

— Adieu, mon « fi » !... » firent les noix vides.

Quand les robes de Brabant et les châles sombres des montagnes des Enfants Perdus m'apparurent, je leur criai :

« Salut, commères !

— Salut, jeunes gens ! répliquèrent-elles poliment... On reconnaît celui qui passe, mais

1. Barges à rames.

qui peut dire s'il part, revient, est revenu ou reviendra ?...

— Commères, avez-vous vu l'Anne aux longs cils ?

— Adieu, jeunes gens ! Anne est passée. Elle se dirigeait vers le triste Sud. Personne ne saura jamais quels enfants perdus pleurent nos gaves !... »

Un sombre pressentiment me transperça de part en part. Je me hâtai. D'un coup mes ailes d'oiseau-chanteur me repoussèrent, moi, fils du mancenillier et « compose » des carrefours. Je les ouvris et d'un élan j'atterris aux pointes de La Guinaudée.

« ... Aïe ! Dieu ! Bon Dieu ! Maman !... »

Les côtes n'étaient plus qu'un amoncellement de rocs d'espoirs concassés, de pierre à foudre, de broussailles, de décombres, de dunes de morts putrides, d'archipels de villages emportés au milieu d'une mer d'immondices, de sargasses et de fanges. Un monceau d'agonies, d'affres, d'effrois et de tambours crevés.

« ... Aïe ! Dieu ! Bon Dieu ! Maman !... »

Fracturés, le cou tranché, les abricotiers géants gisaient sur le ventre retourné des plaines. Tout l'or des cacaoyères barbouillait le bétail gonflé et les cadavres des paysans. Des chaumes de toitures déchiquetées barbelaient le sol ravagé de chirurgies, disséqué, travaillé jusqu'aux os. Des poissons noyés s'accrochaient aux dentelles des branches. Les récoltes emportées faisaient des mares gazeuses. Les oiseaux foudroyés en pleine trille ouvraient des becs violets et fermaient leurs pattes bleues de tétanie. Des nourrissons rampaient encore dans l'orphelinat d'apocalypse et, de leurs bouches, fouillaient les bourbiers pour capter les mouches asphyxiées, les grumeaux d'argile rescapée, croquer les insectes non pourris et les champignons désespérés. Les veines ouvertes, le sang fermé, les rivières gisaient débranchées, ébréchées, sans fil, morfils et barbelures. Les cheveux des sources étaient coupés et pendaient, lamentablement cisaillés.

« ... Aïe ! Dieu ! Bon Dieu ! Maman !... Où était l'Anne aux longs cils ?... »

Mais tout n'était que mort, et agonie seule me répondait. Les cantilènes du silence se lissaient dans la mélodie d'outre-oreille, funèbre, du vent médusé. Seuls les vieillards, les fous et les malemorts tintaient et frissonnaient de glas imperceptibles. Tout le reste avait fui du sinistre. Il me sembla cependant que ma rivière mulâtresse, ma Guinaudée, morte étranglée, pouvait encore respirer.

« ... Aïe ! Dieu ! Bon Dieu ! Maman ! Où était l'Anne aux longs cils ?... »

J'eus des pattes de criquet. Je sautai. Des nageoires d'argent poussèrent à mes flancs. Je plongeai. Des branchies et une vessie natatoire me vinrent. Je voyageai sous les eaux sans vie jusqu'aux racines secrètes de La Guinaudée. Anne aux longs cils était réfugiée là, prisonnière des fontaines qui ne pouvaient plus jaillir, bloquées, étouffées par La Mort qui veillait sans relâche avec une meute de chiens putrides.

« ... Aïe ! Dieu ! Bon Dieu ! Maman !... »

Comment, avec ma pauvre voix de chanteur des carrefours, mes petites ailes d'oiseau-musicien, mes faibles pattes, mes frêles nageoires, mes branchies et ma vessie natatoire de pisquette, comment pouvais-je atteindre et libérer l'Anne aux longs cils ?

« ... Aïe ! Dieu ! Bon Dieu ! Maman !... »

Mais ma plainte devint un chant profond. Ma bouche devint une aurore. Ma voix fut une armée de cigales qui attaquèrent de toutes leurs vrilles :

« Anne aux longs cils ! Anne aux longs cils ! Donne-moi ton perlimpinpin des merveilles !

D'un coup, Anne aux longs cils jaillit, pénétra mes oreilles et se réfugia dans ma langue. Alors je sus tout.

... Janvier fut trompeur et suave, disait l'Anne aux longs cils par ma pauvre langue de « compose ». Janvier vint sous la forme d'un lumineux chevalier, avec armure de vermeil, gantelets de laiton, écu de soleil, rapière de flamme et lance de chaleur. Il bourrela d'espoir les paysans glacés de mâles fièvres, gavés de morte-saison et grugés de mauvaises récoltes. Ils dirent :

« ... Mais les « secs »[1] sont bien doux et bien trop giboyeux !... Compain Janvier est si tant malicieux et joue si tellement de tours de sa façon !... Enfin ! Dansons ! Dansons un menuet en l'honneur de Janvier le Grand Frais puisque Anne est arrivée avec lui... »

Ainsi dirent les culs-terreux, et si fait ! L'air était plein de perlimpinpin. Le menuet gracile roula par monts et monticules, par cols et par collines, par vaux et vallées, par plaines et par plages de La Guinaudée toute entière.

Surprise nouvelle, Février arriva mains dans les poches, sifflant ses sifflets et ses flûtes de fraîcheur, mais sans sa guitare d'alizés frisquets, sans harpes de serein, sans clochettes de rosée, les joues en feu.

« ... On dit bonjour madame, et c'est le monsieur qui est là ! dirent les prud'hommes sentencieux... Ouvrez l'œil ! Guettez bien, car il y a des menteries dans l'air. Février est un gamin mal élevé, s'il rit c'est qu'il va mordre et s'il pleure, c'est pour rire !... »

Toutefois, les enfants prirent Février par la main et firent guirlandes et rondes autour de tous les filaos de la Grande-Anse : « Marie-

1. La sécheresse.

ra qui voudra... », « Maïs l'or », « Les oignons au bord du marché ». Anne virait et voltait dans chaque fruit balançant, dans chaque rossignol amoureux, dans chaque rayon de miel, dans chaque poussière de l'air. On fit donc la sourde oreille aux blablablas des vieux radoteurs.

Mars chassa Février à coups de pieds au derrière et accourut tout couvert de paille de soleil. Cette fois-ci, les papaloas s'inquiétèrent tout de bon :

« Mirez donc, petit monde !... Voilà Mars qui s'amène comme un malotru. Cette paille de lumière, où a-t-il été la voler ? Comment !... Pas de nuages, pas de pluies ni de grêles ?... Ce vadrouilleur est bien capable, sous couleur de soleil, de nous amener du malheur !... On dit que les grands sorciers blancs ont encore fait péter dix grosses bombes afin de voir s'ils sont capables de faire crever un « décallion »[1] de chrétiens vivants d'un seul coup. Ils ont détraqué pour tout de bon cet incorrigible Mars qui n'avait déjà pas la tête très solide ! Enfin, le Bon Dieu est bon, les Loas sont nos pères et l'Anne aux longs cils est quand même là... »

On ne pouvait savoir ce qui allait arriver puisque Antoine Langommier était mort de-

---

1. Cent millions, exagération courante pour faire image.

puis longtemps, mort de son compte de sel qu'il avait mangé, mort des cheveux blancs, ces poisons violents. Han ! Les vieux radoteurs n'en finissent jamais de babiller. On avait Anne, Anne aux longs cils qui gambadait, faisant mille miracles avec son perlimpinpin, malgré la sécheresse torride et les brasiers du soleil.

Avril fut un artificier furieux. Il amena des sueurs, des yeux brûlés, des échauffures aux cuisses. Les patates des champs furent boucanées toutes vives, le pois tendre fut cuit dans les jardins, les cannes à sucre séchèrent et prirent feu çà et là. Tout le monde courait chercher des seaux d'eau :

« Aïe ! Aïe ! Aïe ! Avril est tellement vagabond ! Pourvu qu'il n'ait pas été vadrouiller là où les blancs, ces enragés, empoisonnent les nuages, les airs et les flots ! L'odeur de toutes ces diableries rend notre vaillant Avril fou ! Il faut faire un service en l'honneur de Azaca Médé, ministre de l'Agriculture du Ciel !... »

Et malgré les forges du soleil, l'Anne aux longs cils n'eut qu'à jeter quelques pincées de perlimpinpin dans les ruisseaux, les rus et les canaux d'irrigation, et les jardins trouvèrent un peu d'eau pour étancher leur soif. Elle était partout, l'Anne aux longs cils. Elle entra dans la chair des mangues qui devinrent des aurores, elle visita les aubergines qui devinrent des crépuscules, elle descendit dans le tafia qui se mua en lever de lune.

La gracile et jeune Mai s'achemina, métamorphosée en petite vieille percluse de fièvre :

« ... Tip ! Tap !... Tip ! Tap !... Le corps se débat !... »

L'étonnement ne connaissait plus de bornes.

« ... Si Mai la Belle est dans cet état, qu'en sera-t-il bientôt de nous ? Voyez comme ils nous l'ont arrangée ! Ah ! Ils nous ont bouleversé les années, ils nous ont retourné les saisons, et tous les mois sont mal fichus ! Vous verrez !... Bientôt ils s'attaqueront aux semaines. Et l'on verra Mercredi donner le bras à Samedi, Vendredi suivre Lundi, Jeudi s'accoupler à Mardi, quant à Dimanche, faudra plus compter dessus ! Si peu, si prou que peut-être pas du tout !... »

Et les vieillissants qui espéraient un retour de leurs ardeurs saisonnières ne voyaient rien venir. Pas une goutte de lait de croissance ne monta aux narines des adolescents qui cependant n'avaient pas été « supprimés »[1], ayant pris garde de goûter aux fruits acides. Pas une fillette ne vit éclore ses premières fleurs rouges, et les seins frais couvés, oisillons chauds, n'avaient même pas frissonné. Les amours nouvelles furent rares. Aucune ten-

---

1. Maladie courante du folklore médical, troubles de la croissance.

dreté dans l'air. Pas une lente câline du vent aux cuisses fruitives de la terre, cette sensuelle. La cuisson. L'irritation. La brûlure. La campagne flambait. Compères et commères bataillaient dans les incendies du soleil. En vain l'Anne aux longs cils avait roulé de racine moite en cactus ridé. Elle partit chercher les nuages.

Juin emprunta le bâtiment d'argent d'Agouet'-Arroyo, le roi divin des eaux. Juin le Vaillant Piroguier vint à la tête de toutes les pluies qui se puissent imaginer : les farines roses, le crachin mentholé, les bruines chaudes, les gros grains aux odeurs d'argile détrempée, les ondées chanteuses, les cascatelles danseuses, les averses folles, les orages aux dures ruades. L'Anne aux longs cils conduisait la parade des belles eaux.

« Juin le Piroguier nous a sauvés, dirent les anciens, mais l'horloge des saisons est bel et bien dérangée. Les blancs ont encore fait péter quelque méchanceté dans les airs !... Juin est bon, mais jadis il était plus modéré et combien plus judicieux. Qu'est-ce que toutes ces grandes eaux ?...

— Voilà bien les vieux ! raillèrent les jeunes gens... Ils voient le soleil et gémissent des insolations, ils voient la froidure et se plaignent de la grippe, ils voient l'humidité et geignent du rhumatisme. Ils voient enfin finir les « secs » et ils annoncent les épidémies et le déluge !... Qu'ils nous baillent le vent ! Baignons-nous dans les pluies !... »

Les papillons vinrent. Les bananiers plantés pour la Saint-Jean donneraient deux régimes, les goyaviers deux récoltes et les manguiers des fruits en toute saison. Dans les buissons on entendit la joyeuse, l'heureuse, la râpeuse, la plaintive et innocente cantilène des sexes accordés, sereine et pure action de grâces à la vie, abécédaire d'humanisme, arcane de toute beauté et de toute joie, pierre de toute philosophie, merveille des merveilles.

Juillet, riche négociant, vint comme un gros rat. Quand il avance le museau c'est qu'il va y avoir épis, grappes, grappilles, grappillages et grappillons. Les bambins changèrent de dents :

« ... Rat ! Rat ! Rat ! Voilà une belle belle belle dent que je t'envoie. Tu m'en rendras une vieille vieille vieille !... »

Quenottes, canines et incisives de lait roulèrent sur les galetas et les toitures.

« ... Depuis quand a-t-on coutume de voir Juillet moite et moiré ? Ces maudits blancs ont encore dû faire du pétard pour leurs guerres !...

— Les entendez-vous, ces rechignards ?... La portée des fleurs, fructules et pépins grandit aux matrices de la terre et pointe à ses vagins de délices... Et ils trouvent encore à redire !... »

Quant à l'Anne aux longs cils, elle se balançait avec les libellules au luisant des étangs. Elle palpitait, oreilles bées sur la plainte dolente des maniocs mûrissants. Elle posait son suçoir de bouche au pétiole des fruits, ces alambics. Sa fine narine ravie fleurait les bons sucs et les vertes sèves. Lascive, elle pénétrait et jouissait au cœur de la fruition universelle.

Août, marguillier, fut sonore, il apporta bronzes, cuivres et grêles musiciennes.

« Voilà ! Voilà ! Août a bu tout le vin des fleurs. Il est saoul comme un mardi gras ! Un notable ! Regardez-le ! Regardez son ventre d'archevêque, ses pieds mouillés, ses barbes ruisselantes de glaçons ! Où a-t-il pu trouver cette grêle en cette saison ? Bien sûr ! Encore les blancs qui veulent fabriquer des soleils !... J'vous dis que ça va leur péter dans la gueule, les insensés ! Parlons pas de malheur, mais il faut avouer que le ciel n'est plus très catholique ! Misère et miséricorde !... »

« Le ciel n'est pas catholique ? Qu'est-ce qu'ils ne vont pas chercher !... Les entendez-vous ?... Pour une petite grêle qui n'a pas fait de mal à un chou !... Voilà deux cents ans que le paysan est misérable. Quand on en aura assez, on n'aura qu'à reprendre le fusil... Pour le moment, dansons, et vive l'Août !... »

La grêle sonnait clair sur les ventres demi-creux, la grêle grelette et fraîche. Les pipirites ouvraient toutes les méringuées, les ortolans reprenaient le congo et les ramiers fermaient le rada. Anne aux longs cils dormait dans les chansons.

Septembre ne fut ni chaud ni froid, ni sec ni humide, ni généreux ni chiche.

« Parlez-moi de ça ! Voilà un Septembre que nous connaissons. Septembre paysan qui vient nous aider à rentrer les récoltes... »

Las ! ils n'avaient pas fini de parler que le ciel tomba sur leurs têtes. Cyclone tel qu'on n'en avait jamais vu de pareil. Hurricane qui projeta les campagnes dans les airs, les villages aux cimes des montagnes et les villes au milieu de la mer. La terre se mit à trembler, les rivières remontèrent à leur source et se répandirent dans les plaines et les vallées. A leur tour, les montagnes s'élancèrent dans la mer. La mer envahit la terre en un raz-de-marée galopant. Il en périt cent mille. C'est alors que disparut l'Anne aux longs cils, morte avec toute la Grande-Anse, morte avec la Belle Guinaudée, sans un pli, sans un cri, étranglée net.

Octobre fut Monstre Aquatique. Ceux qui n'avaient pas péri détaillés en morceaux, déchiquetés, écrasés, effacés, volatilisés, périrent de l'eau. Octobre noya tout ce qui restait. Octobre fut déluge, apocalypse, fin du monde. Il en périt encore cent mille.

Novembre fut Chien enragé, Loup, Loup-Garou. Il apporta une famine que les hommes n'avaient jamais imaginée. Tant et tant d'horreurs que bouche ne pourra jamais les raconter sans s'engluer à tout jamais. Cent mille périrent encore !

Décembre fut charognard, il fut Président de la République, Bienfaiteur de la Patrie, Ministre, maire, député, sénateur, général et colonel. Il finit tout. Le cyclone fut Hazel, mais les hommes furent à dents, à griffes, à crocs, charognards. Des centaines de mille furent condamnés à mort.

Chaque mois a ses quatre papillons, chaque semaine a ses sept couleurs, un jour bleu, un jour rose, un jour gris, un jour vert, un jour blanc, un jour violet et le dernier se pare des teintes de chaque cœur. Chaque jour a ses vingt-quatre souris qui grignotent la galette des heures et chaque seconde est une petite dent qui pique le cœur... L'Anne aux longs cils n'était pas morte. Une pincée de perlimpinpin suffit à faire revivre la Guinaudée qui recommença à couler, le cœur ouvert. Cent mille paysans se dressèrent et le courage, le travail, la fraternité, vertus qui valent autant que le perlimpinpin, firent le reste; autre conte que je chanterai si toutefois l'Anne aux longs cils consent à habiter encore une fois ma langue, si jamais je puis retrouver des ailes d'oiseau-musicien, des pattes de criquet, des nageoires d'argent et des branchies de pisquette.

Mais à peine avais-je fini d'écarquiller mes

yeux sur la campagne refleurie qu'il y avait déjà là un maréchal de Police rurale et ses longues moustaches. Il m'accusa de dire du mal des autorités, il m'incrimina de fomenter des désordres, me bastonna et me donna un grand coup de pied au derrière.

C'est ce coup de pied-là qui m'a fait retomber là où je suis, vous récitant le merveilleux conte chanté de l'Anne aux longs cils, le Dit que chantera mieux que moi le Vieux Vent Caraïbe, l'alizé de la Belle Amour Humaine, le premier d'entre tous les « composes », tireurs de contes et *griots* à naître en Quisqueya la Belle. Le Dit de l'Anne aux longs cils qui, si tous les grands sorciers d'aujourd'hui ne font quelque jour sauter la planète, vivra toujours dans la succulence et le jaune de chrome des abricots, dans la fruitée perlière, la glace frileuse des suaves ananas, dans le pétillement des zestes et le rire aigu des jus de citron, dans la griserie des sirops clairs et l'esprit captieux des fleurs des champs, dans les odoriférants voyages des pollens fous, dans la chair nuageuse, capricante des parfums.

« ... Bravo, fiston ! me dit le Vieux Vent Caraïbe... Exerce-toi, travaille, et peut-être feras-tu encore mieux quelque jour !... J'avais l'intention de chanter un de ces soirs le conte de l'Anne aux longs cils, mais puisque tu l'as déjà fait, je n'aurai qu'à le reprendre aux veillées, écoles du soir des campagnes et des faubourgs... Pour maintenir le vieil art et la longue romance de Quisqueya la Belle, comme pour apprendre la vie, les veillées des soi-disant nègres ignorants valent bien vos grandes écoles des villes... Enfin ! Ils n'ont toujours que ces seules écoles ! Faisons de notre mieux pour garder au cœur des hommes l'esprit de 1804, *le souvenir de nos luttes, les traditions, les bonnes mœurs, tous nos trésors, la fraternité, l'amitié, l'amour et le cœur pur !... Il est une fable que tu as peut-être oubliée, elle est vieille, et grande et profonde !... Neveu, écoute la*

FABLE DE TATEZ'O-FLANDO

FABLE DE TATEZ'O-FLANDO

... Les vieilles histoires nous tissent et retissent la souvenance et le bon vouloir... Les hommes disent souvent du mal des femmes, le soir, à la veillée et les femmes en font tout autant vis-à-vis des hommes... Dans le chassé-croisé de l'amourette, hommes et femmes y mettent pourtant autant d'ardeur, pourquoi donc dire du mal les uns des autres ?... L'amour est aveugle, irrationnel, inexplicable et défiera toujours l'analyse entend-on souvent répéter... Moi, Vieux Vent Caraïbe, je crois que c'est la race des hommes qui n'a pas encore atteint l'âge de raison... Cependant, qu'est-ce que vous êtes fiers de votre raison, de votre savoir et de vos progrès ! Vous accusez l'amour ? Moi je dis que c'est vous autres qui êtes restés, malgré vos progrès, aveugles, irrationnels, fous, déraisonnables, malades de la tête, du cœur et des sens !... Il en est de

l'Amour comme du reste de votre activité; à bien des égards vous êtes encore prélogiques, mystiques, animaux raisonneurs mais pas encore raisonnables... Je remarque bien que cela commence à changer, mais vous n'y êtes pas encore, sachez-le !...

... Une femme avait épousé un étranger dont personne ne connaissait le nom... Peut-on, comment peut-on épouser un homme dont on ignore le nom, me direz-vous ? Mystère de l'amour, secret du cœur ou énigme du temps, toujours est-il que cette femme avait épousé celui dont elle ne connaissait pas le nom. Elle avait déjà trois enfants et les gens sur son passage continuaient à répéter :

« Comment peut-on épouser un homme dont on ignore le nom ?... »

Les hypocrites ! Ils disaient cela parce qu'ils n'en avaient pas encore fait autant ou qu'ils avaient fait pis !...

De toute façon, l'intérieur était parfaitement et proprement tenu. La femme s'occupait en mère de famille honorable et son mari lui apportait ponctuellement l'argent du ménage. Pas trop, de quoi vivre petitement mais dignement, alors que la plupart des autres femmes de l'endroit se plaignaient du misérable gain de leurs époux.

Pourtant, depuis son mariage, cette femme était devenue triste comme jamais être humain ne l'a été auparavant. L'ovale même de son visage paraissait morose, son teint était âcre et bilieux, son front était ténébreux, ses oreilles étaient cafardeuses, ses sourcils étaient soucieux, sourcilleux et sombres, ses yeux étaient ténébreux, son nez était tragique et mystérieux, sa bouche était hypocondriaque, son menton était nostalgique, son cou était amer, ses vêtements et son corps étaient mornes, chagrins, moroses, ses jambes étaient maussades, ses pieds désolés et crispés... Quand elle allait au marché, les commères répétaient à haute voix, à son entendement :

« ... Voilà ce que c'est que d'épouser un homme dont on ne connaît pas le nom !...

Elle ne répondait jamais à personne, ne se plaignait guère, se dépêchant de rentrer pour vaquer aux travaux domestiques.

Chaque soir, à la tombée de la nuit, le mari qui partait toujours à la première lueur du matin, rentrait. Ponctuellement. Il embrassait en silence sa femme et ses trois petits garçons, allait s'asseoir tranquillement dans son fauteuil puis brusquement se mettait à crier d'une voix terrible :

« ... Femme! Viens m'enlever mes bottes!... »

Tout le monde tremblait alors dans la maison. La femme tremblait. Les enfants tremblaient. Les papillons de nuit tremblaient, plancher et plafond tremblaient. La femme accourait alors précipitamment, se jetait à genoux devant le mari engoncé dans le fauteuil et se mettait à tirer ses bottes. L'opération exécutée, un instant s'écoulait en silence, puis l'homme se mettait de nouveau à glapir :

« ... Femme ! Viens me laver les pieds !... »

Tout le monde frissonnait encore dans la maison, tout frémissait, la nappe sur la table, les draps du lit, les rideaux, le perroquet dans sa cage, la souris dans son trou. La femme s'élançait alors, un broc d'eau chaude à la main, puis se mettait à laver soigneusement les pieds de son mari. La chose faite, un petit silence s'écoulait puis, brutalement, l'homme hurlait encore d'une voix de stentor :

« ... Femme ! Viens me donner mon souper !...

Toute la maison frémissait, les murs, les chaises, la table, le chien, le chat, l'air du soir. La femme bondissait à la cuisine et revenait en un éclair, servait la table, donnait à boire, essuyait la bouche, éventait son mari, toujours debout auprès de lui. L'homme mangeait silencieusement, on entendait seulement grincer ses mâchoires, jamais il ne récriminait, ne protestait, il ne réclamait rien, ne disait rien. Ayant fini, il se dressait sans mot dire, regardait les papillons de nuit autour de la lampe, le trou de la souris, le perroquet réfugié dans un coin de la cage, le chat sous le lit, le chien tapi dans un coin derrière un fauteuil, les trois garçonnets, Jacquot, Pierrot et Paulo, blottis l'un contre l'autre sur le lit, presque incrustés dans un angle du mur, et enfin la femme debout au milieu de la pièce, la poitrine haletante, les bras ballants, les yeux fermés... D'un pas lourd, écrasé, l'homme faisait alors le tour de la table, lentement, dans le silence, devant les mouches figées, les papillons de nuit suspendus dans l'air immobile et toute la maisonnée sculptée du marbre de l'effroi. Il s'arrêtait, détachait lentement sa ceinture de cuir, la tirait, puis le tonnerre éclatait :

« ... Femme !... Quel est mon nom ?... »

La femme ouvrait une bouche ronde comme un O majuscule et restait ainsi de longues secondes. Alors venait la tempête, l'hurricane, le cyclone. Les coups de ceinture pleuvaient sur la femme hurlante... Mouches et papillons de nuit faisaient une sarabande infernale d'ailes rugissantes, la souris devenait folle dans son trou et lâchait un torrent de petits cris aigus, le chat miaulait comme un tigre qu'on blesse, le chien glapissait ainsi qu'à la lune rousse, le perroquet braillait comme les bocages de la jungle d'Amazonie, les enfants piaillaient comme un nid de coucou, les murs grelottaient, plancher et plafond trépidaient, les meubles vacillaient, terrorisés. La femme répondait en un long cri :

« ... Tu t'appelles Gustave !... »

Tout s'immobilisait alors et le silence se répandait.

« ... Tu mens, femme !... Femme, quel est mon nom ?... »

Et les horions pleuvaient de nouveau sur la femme cabrée, supplicante, sans voix. L'orage reprenait toute la maisonnée dans sa gueule furieuse, dans une agitation fantastique.

La femme répliquait encore :

« ... Tu t'appelles Nabuchodonosor !... »

La maison restait en arrêt, coite, tranquille, muette.

« ... Tu mens, femme !... Femme, quel est mon nom ?... »

La ceinture sifflait de nouveau et s'abattait sur la pauvre femme aux bras déployés. La bourrasque folle reprenait, ballottait tout et tous à l'intérieur de la petite maison perdue dans la nuit... La femme répondait :

« ... Tu t'appelles Oua-Tsé-Tchang-Atchoum !... »

Temps mort, respiration, calme...

« ... Tu mens, femme !... Femme, quel est mon nom ?... »

....

... Voilà des années, de longues années, que se poursuivait chaque soir la même pantalonnade, plus ou moins longtemps, selon les saisons. A un certain moment l'homme baissait les bras, un nuage passait sur son front, il marmonnait entre les dents des paroles confuses. Un soupir de soulagement détendait l'atmosphère et la paix revenait... Tout et tous se préparaient à dormir, la lumière s'éteignait, l'homme se couchait, murmurait longtemps, puis se taisait. Peut-être dormait-il parfois ?...

Jacquot, Pierrot et Paulo grandirent. Paulo eut sept ans, Pierrot eut dix ans, Jacquot en eut douze... A douze ans l'homme devient conscient de lui-même, il se prend au sérieux, il se croit une force et rêve de régir la vie, de réformer le monde. Un matin, le père était parti comme à l'ordinaire avec la première lueur du jour. La veille, la comédie de chaque soir avait été plus macabre et plus violente que jamais. Jacquot dit à sa mère :

« ... Maman, ce qui se passe ici ne doit plus continuer... Je ne veux plus que tu sois battue !... J'irai, j'apprendrai le nom de mon père et tout finira !...

— Mon pauvre enfant ! repartit la mère... Tu es un tout petit bout d'homme. Comment parviendrais-tu à percer le secret de cet homme gigantesque, ton père. Nul n'a jamais pu savoir, d'autres bien plus forts que toi !... Et moi, ta mère, depuis douze ans, j'ai tout essayé... Abandonne ces folles prétentions, étudie tes leçons, fais tes devoirs, mange, bois, dors, rends-toi à la rivière, joue et chasse les papillons... Après tout, je ne suis pas encore morte de toutes mes misères, et je vous ai... Acceptons en silence, comme de bons chrétiens, notre calvaire et puisqu'il faut vivre, vivons !...

— Aujourd'hui, j'ai eu douze ans, je suis grand désormais et je dis que tu ne seras plus malheureuse !... »

La mère eut beau dire, beau faire, Jacquot était têtu. Ses frères l'écoutaient les oreilles bées. Il partit subrepticement un matin à la suite de son père qui comme toujours s'en était allé dans la tendresse des premiers rayons du soleil.

Jacquot marchait d'un pas rapide sur les traces de son père qui déambulait à grandes enjambées dans le devant-jour. Ils traversèrent la bourgade encore endormie, les champs de maniocs qui poussaient à bouche fermée leur plainte contractée et dolente dans la fraîcheur, les cannaies qui frissonnaient joyeusement, des bananeraies d'émeraude, ils cotoyèrent la mer, ils escaladèrent des collines et des montagnes crêpues, de grands bois où vocalisaient des oiseaux passionnés, de grandes prairies aux grands herbages lumineux, ils croisèrent la plaine grasse et généreuse, un étang verdoyant, un flamant ravi d'espace, un taureau à l'œil mauvais et à la patte furieuse, des jonjons au bec joyeux et candide; après avoir franchi des tas de ruisseaux d'argent, ils se trouvèrent devant la grande rivière au plumage blanc et mousseux. Des deux côtés les montagnes descendaient, abruptes, vers la vallée, formant deux murailles d'harmonie pour le flot musicien. L'homme se déshabilla. Dans un buisson Jacquot se tapit, l'œil aux aguets, l'oreille frémissante. Son père était beau comme un arbre ! Quel torse épanoui, quelle force et quelle plénitude ! Les cuisses, les jambes tombaient vers le sol comme un torrent vertical, les bras montaient au ciel comme des geysers et les grandes eaux de son visage brillaient et vivaient, tragiques, désespérées...

Le père se mit à sauter ! Il sautait sur place, comme un ours, esquissant des petits bonds rapides... Il chantait :

... On m'appelle TATEZ'O-FLANDO !
On m'appelle TATEZ'O-FLANDO !!!
Le jour où ma femme connaîtra mon nom,
J'éclaterai comme une bombe !
On m'appelle TATEZ'O-FLANDO !...

Jacquot écouta encore la grosse voix de son père qui chantait et sautait. C'était bien ça ! TATEZ'O-FLANDO ! L'homme se coucha ensuite sur la berge, ses cheveux trempaient dans la rivière ! Il pleurait... Jacquot bondit de son buisson et partit comme une flèche, répétant sans arrêt, d'une voix précipitée :

... Mon père s'appelle TATEZ'O-FLANDO !
Le jour où sa femme connaîtra son nom,
Il éclatera comme une bombe, a-t-il dit !...

Jacquot sortit du défilé où coulait la grande rivière au plumage neigeux. TATEZ'O-FLANDO !... Il franchit des tas de ruisseaux d'argent qui l'appelèrent gentiment :

« ... Jacquot !... Viens te baigner !... Viens t'amuser !... »

Il ne répondit pas filant comme une étoile. TATEZ'O-FLANDO !... Mon père s'appelle TATEZ'O-FLANDO! TATEZ'O-FLANDO! Il rencontra les jonjons qui tournoyèrent au-dessus de sa tête et l'appelèrent joyeusement :

« ... Jacquot !... Regarde comme nous sommes jolis !... Viens avec nous !... »

Il ne les regarda pas, buvant l'espace... TATEZ'O-FLANDO ! Mon père s'appelle TATEZ'O-FLANDO! TATEZ'O-FLANDO! Il vit le taureau méchant qui tapait du sabot en disant :

« ... Jacquot ! Allons ! Arrête-toi !... As-tu jamais vu taureau plus beau et plus furieux ?... Allons, viens m'admirer !... »

Il détourna la tête, rayant l'air comme un éclair. TATEZ'O-FLANDO !... Mon père s'appelle TATEZ'O-FLANDO !... TATEZ'O-FLANDO ! Il revit le flamant immobile dans l'espace, les ailes déployées, qui agitait son gros bec en criant :

« ... Jacquot ! Arrête-toi !... Je viens te chercher pour te promener dans les nuages !... »

Jacquot ne leva même pas les yeux et courait à perdre haleine. TATEZ'O-FLANDO ! TATEZ'O-FLANDO ! TATEZ'O-FLANDO !... Devant l'étang verdoyant, les lotus blancs lui sourirent... Non ! Z'O-FLANDO ! Mon père s'appelle TATEZ'O-FLANDO !... Il trottait, la poitrine battante, croisa la plaine plantureuse, les bois enchantés et les collines radieuses qui toutes l'appelèrent. Il ne répondit pas... Il marchait essoufflé... TATEZ'O-FLANDO ! Mon père s'appelle TATEZ'O-FLANDO ! Il cotoya la mer qui agita ses jupons bleu-roi et cria :

« ... Jacquot ! Viens te baigner !... Je saute ! Viens gambader avec moi !... »

Le petit Jacquot ne l'écouta pas, marchant d'un pas traînant, hors de souffle mais répétant obstinément TATEZ'O-FLANDO !... Il revit bananeraies, cannaies et champs de manioc qui tous chantaient selon leur cœur :

« ... Jacquot, voici des fruits, des tiges, des fleurs !... Viens dans notre fraîcheur te reposer et caresser nos cigales !... »

Jacquot ne répondit à aucune, trébuchant, mais avançant toujours, opiniâtre. TATEZ'O-FLANDO !

Sur la place d'armes de la bourgade, il y avait un cirque avec de gros éléphants qui dansaient, des tigres qui ricanaient, des singes qui faisaient des galipettes, des clowns qui lançaient des bonbons, des glaces et des cerises aux enfants... Jacquot s'arrêta, hors de souffle et regarda... Aussitôt un clown qui avait un visage à sept couleurs, des yeux comme les soirs et une bouche comme le matin vint à lui :

« ... Bonjour, Jacquot !... »

Il lui donna un beau ballon rouge, des sucres d'orge, des gâteaux, fit de jolies grimaces pour lui, dansa, joua de la flûte et lui toucha le front. Jacquot s'arracha à sa contemplation et repartit... Comment donc mon père a-t-il dit qu'il s'appelait ?... Je crois qu'il a dit : CLAQUEZ'-UN BABA... Oui, ce doit être ça, CLAQUEZ'-UN BABA... C'est ça ! CLAQUEZ'UN BABA !...

Il arriva chez lui hors de souffle, répétant inlassablement CLAQUEZ'UN BABA. Mon père a dit qu'il s'appelle CLAQUEZ'UN BABA !... Il cria aussitôt à sa mère :

« ... Maman ! Mon père s'appelle CLAQUEZ'UN BABA !...

— CLAQUEZ'UN BABA ?... Es-tu sûr mon enfant ?... Comment pourrait-on s'appeler CLAQUEZ'UN BABA ?... Tu as certainement mal compris, mon petit !...

— J'en suis sûr, maman ! Mon père a dit qu'il s'appelle CLAQUEZ'UN BABA ! Je ne suis plus petit ! CLAQUEZ'UN BABA, je te dis !... »

Quand vint le soir et que la mère répondit

à son mari qu'il s'appelait CLAQUEZ'UN BABA, elle fut battue comme jamais auparavant elle ne l'avait été.

Pierrot à son tour déclara qu'il était capable de découvrir le nom de son père...

« ... Mon pauvre Pierrot !... Toi !... Un petit bout d'homme qui pleure pour manger son pois-et-riz !... Jacquot lui aussi a cru pouvoir et le résultat, c'est que je suis moulue comme je ne l'ai encore jamais été !... Non, Pierrot, si ton frère n'a pas pu, tu ne feras pas mieux... J'en aurai pour le moins un bras cassé si tu y vas !... Tu resteras ici, mon petit !... »

Pierrot tapa du pied.

« Moi je suis aussi fort et aussi malin que Jacquot !... Voilà longtemps que je n'ai plus pleuré... J'irai et je réussirai !... »

On eut beau dire à Pierrot, il fronça les sourcils d'un air têtu et ne répondit pas. Un matin il partit à la suite de son père, se lissant dans le petit jour couleur d'aubergine...

Tout ce que Jacquot avait vu, Pierrot le vit. Tout, la bourgade endormie, les champs, la mer, montagnes et collines, grands bois, prairies, la plaine germinante, l'étang, le flamant, le taureau, les jonjons, les ruisseaux d'argent et enfin la vallée, ses murailles d'harmonie, la grande rivière musicienne. Pierrot vit son père se déshabiller. Son père était beau comme un pic des montagnes de La Selle. L'homme sauta, puis il chanta :

... On m'appelle TATEZ'O-FLANDO !
Le jour où ma femme connaîtra mon nom,
J'éclaterai comme une bombe !...

Pierrot incrusta les paroles dans ses oreilles. Comme Jacquot, il entendit toutes les voix, les cris, les chants et les appels du monde agreste. Il courut, répétant sans arrêt les paroles qu'il avait entendues. Comme Jacquot il vit sur la place d'armes le cirque, les éléphants, les tigres et les clowns qui lançaient des sucreries et étaient plus beaux et plus étourdissants que jamais. Il ne s'arrêta pas. Mais, alors qu'il approchait de sa maison, il rencontra Antoine, un bougre qui à l'école faisait le faraud et était l'ennemi juré de son frère Paulo... Antoine donna une paire de gifles à Pierrot. Celui-ci ne put se contenir et se déroula alors une furieuse bataille. En fin de compte, Antoine s'enfuit sous une grêle de coups. Pierrot se redressa, bomba le torse et rentra dans la maison... Qu'avait donc dit son père ?... Oui. Qu'il éclaterait comme une bombe le jour où sa femme connaîtrait son nom... Mais quel était ce nom ?... Gâté... Gâteau... GATEAU-BLANC-D'ŒUF... Oui... GATEAU-BLANC-D'ŒUF... Le jour où sa femme connaîtrait son nom il éclaterait comme une bombe !...

« ... Maman ! Maman ! Mon père s'appelle GATEAU-BLANC-D'ŒUF !...

— Pierrot, mon enfant !... Veux-tu me faire mourir sous les coups ?... Comment pourrais-je oser dire à ton père qu'il s'appelle GATEAU-BLANC-D'ŒUF ?

— ... Tu dois le dire!... GATEAU-BLANC-D'ŒUF !... Il l'a répété plusieurs fois et a ajouté que le jour où tu connaîtrais son nom, il éclaterait comme une bombe !...

— ... Il éclatera comme une bombe ?... Voyons, Pierrot !... Où as-tu entendu dire que les hommes éclataient comme des bombes ?... Et puis tu me fais peur... Je ne voudrais pas voir ton père éclater comme une bombe... S'il me bat, il a toujours été par ailleurs un bon père de famille. Comment ferions-nous sans lui ?... D'ailleurs il est impossible qu'il s'appelle GATEAU-BLANC-D'ŒUF !... Pierrot, tu n'es qu'un bébé, tu suces toujours ton pouce ! N'en parlons plus... Viens que je te lave !...

— Maman, j'en suis certain... GATEAU-BLANC-D'ŒUF, c'est son nom... Tu n'auras qu'à le lui dire et il éclatera comme une bombe !... »

Après avoir dîné, le mari donna une telle raclée à sa femme que celle-ci voyant déjà son bras déboîté, craignit de mourir sous les coups, laissant ses enfants orphelins. Qui peut dire si elle désira la mort de son mari ? Elle-même doit l'ignorer, mais elle lâcha entre les dents, tout en tremblant, le mot :

« ... GATEAU-BLANC-D'ŒUF !... Tu t'appelles GATEAU-BLANC-D'ŒUF !... »

Son mari éclata de rire, mais il n'éclata pas comme une bombe !... Quelle émotion, grand Dieu !... La ceinture de cuir fit ce soir-là un travail qu'elle n'avait jamais encore accompli ! Quelle raclée, mes seigneurs !...

Paulo décida lui aussi de courir sa chance. Il faisait encore pipi au lit malgré ses sept ans, mais il avait l'âge de raison. Rien ne put l'en dissuader. Il fit toutes les rencontres que firent ses frères et revint répétant :

... *TATEZ'O-FLANDO ! TATEZ'O-*
[FLANDO !...
Le jour où sa femme connaîtra son nom,
Il éclatera comme une bombe...

Sur la place d'armes le cirque était plus fabuleux, plus féérique que jamais, cependant il ne se laissa pas séduire. Quand Antonio, son ennemi juré lui flanqua une retentissante paire de gifles, Paulo ne s'occupa pas d'Antonio. Il rentrait par la barrière de sa maison quand il vit une pauvre femme aveugle que poursuivait un gros tigre. Un des tigres du cirque peut-être.

« ... Au secours !... Pitié pour une vieille femme aveugle ! Venez me sauver de ce tigre !... »

Le cœur de Paulo se serra. Jamais il ne se

sentit plus honteux, mais il entra dans la maison en criant :

« TATEZ'O-FLANDO !... Mon père s'appelle TATEZ'O-FLANDO !... »

Puis il fondit en larmes désespéré. Il se calma cependant peu à peu et raconta comment il n'avait pas porté secours à la vieille femme.

« TATEZ'O-FLANDO, as-tu dit, Paulo ? demanda la mère.

— Oui, maman ! Mon père s'appelle TATEZ'O-FLANDO... Cette fois-ci, c'est sûr, je ne me suis pas trompé !... Si mon père ne s'appelle pas TATEZ'O-FLANDO, je veux mourir !... »

La mère haussa des épaules, ne répondit pas, mais ne crut pas un traître mot de tout ce qu'avait dit Paulo. Cependant à la nuit tombée, quand l'homme interrogea sa femme et qu'il la battit comme jamais être humain n'a été battu, le mot força les lèvres de la malheureuse femme :

« ... TATEZ'O-FLANDO ! Tu t'appelles TATEZ'O-FLANDO !... »

L'homme se mit à enfler, il enfla comme un ballon et éclata avec un fracas extraordinaire... Moi, Vieux Vent Caraïbe, je passais par là, l'explosion me projeta jusque chez moi dans cette caverne...

L'histoire ne dit pas ce qu'il advint de la femme et de ses trois enfants, mais parfois, je rencontre sur ma route une pauvre veuve...

Elle est triste comme jamais être humain ne l'a jamais été. L'ovale même de son visage est mélancolique, son teint est âcre et bilieux, son front ténébreux, ses oreilles cafardeuses, ses sourcils soucieux, sourcilleux et sombres, ses yeux douloureux, son nez tragique et mystérieux, sa bouche hypocondriaque, son menton nostalgique, son cou amer, ses vêtements, son corps, mornes, chagrins et moroses, ses jambes maussades, ses pieds désolés et crispés... Peut-être regrette-t-elle un temps où elle était battue ?... En tout cas, si dans cette affaire on me demande mon avis, je répondrai que TATEZ'O-FLANDO fut certainement un pauvre homme et sa femme ne le fut pas moins... Pauvres humains. Chacun vit, souffre et meurt de son secret et tout votre malheur vient de ce que nul ne fait l'effort de comprendre et de soulager l'autre. Et cependant je crois que l'homme et la femme devaient avoir moyen de sortir de leur misère s'ils avaient vraiment cherché, et toute cette vilaine fable de TATEZ'O-FLANDO n'aurait jamais existé...

« ... Tonton, dis-je au Vieux Vent Caraïbe, que ne raconte-t-on pas comme histoires de « zombis », ces personnages qu'on aurait tirés du sommeil cataleptique où ils se trouveraient, passant pour morts, puis qu'on aurait enlevés du cimetière pour les emmener prisonniers !... Je me suis parfois intéressé à ces histoires fantastiques, mais les cas présentés comme « zombis » que j'ai vus n'ont jamais résisté à une analyse sérieuse. Il s'agissait toujours d'individus ayant perdu la mémoire, d'amnésiques, de sujets mentalement diminués, sinon de sourds-muets plus ou moins crétins... A cause d'une ressemblance plus ou moins frappante, des parents d'une personne décédée, en général des gens simples, prétendent reconnaître en une personne errante, celui ou celle qu'ils auraient enterré des années auparavant...

Une fois cependant, dans le grenier d'une

vieille maison, j'ai trouvé un document jauni où, semblait-il, une « zombie » racontait sa propre histoire... Et là il s'agirait d'une personne de la haute société... Peut-être n'est-ce que plaisanterie d'un « compose » facétieux ?...

Vous qui savez tout, Vieux Vent Caraïbe, existe-t-il vraiment des sorciers ou des loups-garous qui auraient le moyen de faire passer pour mort une personne vivante, de la rappeler à la vie et d'en disposer à leur gré ?... Pourquoi agiraient ainsi ces malfaiteurs ?... En tout cas, je vais vous dire la :

CHRONIQUE D'UN FAUX-AMOUR

CHRONIQUE
D'UN FAUX-AMOUR

... Mon sang lui-même est triste dans mes veines. Je le sens qui ruisselle comme une sombre, longue, lente pluie reptile, de cette source aux cheveux amers, mon cœur, d'amont ouvert, d'aval fermé. Mon sang s'en va à la dérive le long des branches de mes veines, le long des membres jusqu'à mes doigts. Sur la table, depuis des années, la pendule précipitée égrène son interminable kyrielle de petits cailloux, — je les crois blancs —; blanches, ces secondes qui cognent l'une après l'une, puis roulent contre mes tempes. Voilà dix ans que j'attends ma première nuit d'amour, la nuit qui me réveillera et m'amènera au jour, la nuit qui m'arrachera à l'hinterland équivoque, incolore où je végète, où ma tête pourrit entre deux contrées. A gauche, le Royaume des Vivants où chevauche le Prince d'Aurore, l'Amour aux bouches de rubis, à droite l'Empire des Morts où galope le Baron Noir, Néant aux obscurités d'argent. Mais j'attends patiemment. J'attends...

Ce matin, — du moins m'a-t-on dit qu'il était matin —, ce matin donc, Mère Supérieure est venue dans ma cellule. Elle a posé la main sur mon front, m'a souri et m'a parlé du soleil. J'aime bien Mère Supérieure, à cause de sa cornette tuyautée, de ses voiles bleus, de ses yeux jaunes, de ses rides, de son anti-sourire, sa robe moyennageuse et son anneau d'or. Elle m'a convaincue de me lever, je me suis levée. Elle m'a pris la main et nous sommes sorties à travers les couloirs du vieux couvent. Nous avons alors rencontré Sœur Tourière qui s'en allait à sa tour. Elle nous a dit bonjour et m'a demandé comment je me portais. Je lui ai répondu que je ne savais pas. Vraiment, je ne sais pas, je ne sais plus comment je me porte, absolument jamais. Mère Supérieure voulait faire une promenade, dans la prairie et le sous-bois, disait-elle. Je voulais bien. Quand nous sommes arrivées, elle m'a montré le soleil. J'ai ri et déclaré que ce n'était pas le soleil. Je l'ai bien connu, le soleil. Chez nous, il y a du soleil. On ne peut pas me tromper, ici, il n'y a pas de soleil. Et mon rire, de proche en proche s'est répandu dans le matin, rigoletto félé.

La journée a coulé, de la prairie — où quoiqu'on dise il n'y a pas de soleil, pas d'air, ni d'herbe, ni d'arbres, ni d'insectes — à la chapelle. A la chapelle, il y a de la musique d'orgue, des vitraux, des cierges, des ogives, et, pour glorifier la Sainte Vierge, les voix des Sœurs qui voudraient imiter les oiseaux. La toile de leur voix est légère, c'est une dentelle de sons liés, arpégés; combien cependant est-elle différente du ramage des oiseaux que je connais ! J'en ai été triste, mais triste ! Toutefois, pour ne pas faire de la peine à Mère Supérieure et à mes Sœurs, je suis restée à la chapelle. De temps à autre Mère Supérieure me demande si je ne veux pas prononcer mes vœux et devenir l'Epouse du Christ. Elle sait pourtant pourquoi je suis ici. Je suis déjà mariée et, dans ce Carmel, je ne fais qu'attendre mon époux qui viendra me chercher quelque jour. J'en suis sûre. Il viendra me libérer de ce pays où je vis sans pouvoir distinguer le jour de la nuit, la lumière de l'ombre, ce pays sans soleil où les demi-jours sont pareils aux mi-nuits, ce pays du vertige où je suis peut-être devenue folle... Pourquoi me pose-t-on toujours cette question ?... A certains moments je me demande si cette Mère Supérieure et toutes ces Sœurs sont bien des femmes. Peut-être ne sont-ce que des crapauds qui montrent au milieu de leurs voiles bleus leurs fronts verdâtres, leurs yeux glauques et leurs longues bouches entre l'auvent de la cornette blanche et la mentonnière de percale fine ?... Mais pourquoi dis-je des choses pareilles !... Pourtant, j'aime bien Mère Supérieure. Que sais-je ! Et si, moi aussi, sans le savoir, je m'étais muée en crapaud ?...

De la chapelle, nous sommes allées à la cuisine éplucher des pommes de terre. Pendant toute l'opération nous avons récité le chapelet :

« Marie, pleine de grâces... Salue... grâces... vous... Marie... Je... »

Comme une fuite de robinet les paroles ont fusé, sifflantes, à mi-voix. A un moment donné j'ai eu l'impression que toute une armée de ferblantiers fous taraudaient ma tête, avec des ciseaux bleus, avec le froid des aciers, avec des tenailles blêmes, des scies de phosphore et des vrilles de soufre... J'ai hurlé, interminablement. Dans la confusion, on m'a ramenée dans ma cellule. Je ne sortirai plus de ma cellule... Mais qui donc me délivrera jamais de la pendule qui sur la table mâchonne inexorablement ces secondes qui geignent à fendre l'âme entre les roues dentées ?...

Tout l'après-midi je suis restée dans ma cellule, la joue contre la pierre froide de l'étroite fenêtre, les annulaires dans les oreilles, observant le granit noirâtre des arceaux et des colonnes qui ferment la cour circulaire de notre Carmel. Il m'est aisé de deviner sans le voir ce que font les Sœurs. Sœurs Converses dans le potager, le poulailler ou l'office, Sœur Tourière dans sa Tour à broder les draps du Temps. Sœur Portière devant la porte grillagée du cloître, enluminant son in-folio vermeil. Sacristine dans le cancel, devant la lampe éternelle, Choristes dans le transept de la chapelle, sous la nef sonore. Sœurs à chanter, Sœurs à prier, Sœurs à pleurer, Sœurs à se donner la discipline, couchées sur le carreau gris des cellules, Mère Supérieure enfin et son cilice, lisant et relisant, faisant la ronde des kilomètres des couloirs du couvent. Tout l'après-midi, appuyée à la fenêtre lancéolée de ma cellule, les oreilles bouchées, les yeux grands ouverts, je les ai entendues... Je n'ai pas été au réfectoire. Je ne sortirai plus de ma cellule.

L'Ange du Seigneur annonça à Marie... L'Angélus sonne... Sacristine monte au ciel au bout de la corde du beffroi... L'Ange du Seigneur... Il pleut des voix de cloches dans le jour nocturne... L'Angélus sonne... Les chauves-souris déplient bruyamment leurs ailes de toile sale sous les hautes voûtes des couloirs. De la fenêtre de ma cellule je vois la procession bleu marine des Sœurs du bagne céleste, fourmis aveugles qui baissent leurs antennes vers le carrelage liseré d'herbe. Cette heure me fait toujours peur. Les derniers fantômes s'engouffrent dans la gueule gothique du porche, l'encens et les sonorités grégoriennes du « O *Salutaris Hostia* » montent tout à coup. Je vais tout à l'heure respirer le parfum d'Orient du « *Tantum Ergo* », l'amer musc et les piaulis de chat d'amour du « *Stabat Mater* », les vocalises suaves du « *Magnificat* ». Puis le silence surgira de l'incessant décochement noir des chauves-souris. Le silence, l'ultra-cri des mammifères volants, le silence, le pire ennemi du Carmel.

Voilà dix ans que je lutte contre le silence. Voilà dix ans que je lutte contre le sommeil. Je ne veux pas dormir. Nul n'imaginerait ce qui m'y attend. Fort heureusement, j'ai une cuiller d'argent dans ma cellule. Il y a dix ans que je l'ai chipée au réfectoire. Je vais taper ma cuiller d'argent contre mon anneau d'or, sans arrêt. On ne m'a pas enlevé mon anneau, jamais personne ne m'arrachera l'anneau que mon époux me mit au doigt, il y a dix ans déjà. Je ne veux pas dormir. Pendant des heures, je vais taper la cuiller d'argent contre mon anneau d'or, sans arrêt, pour effrayer le sommeil. Parfois j'arrive à entendre cinq fois, six fois de suite, l'Angélus du soir sans que je ne m'endorme. Quand approche le silence, je saisis ma cuiller d'argent et pendant des heures, je tape contre l'anneau d'or. La cuiller s'est à la longue percée d'un petit trou au milieu de sa cupule. Je taperai cette cuiller au long des années si nécessaire, jusqu'à ce qu'elle devienne un frêle tesson de métal, pour éviter de choir dans les gouffres béants, ces gueules bées du sommeil. L'endormissement ramène la mémoire. Je ne veux plus voir ce que ramone le sommeil, la suie des cauchemars mêlée à l'azur des rêves et du souvenir. Je préfère oublier tout. Le gel de la peur me fait claquer des dents, la peur dans mes muscles est un acier polaire, la peur se tortille dans ma langue comme un ver lubrique. Je taperai ma cuiller d'argent contre mon anneau d'or pour conjurer les hypogées, les cataractes noires, les cloaques du sommeil.

Carillon d'or et d'argent, je taperai la cuiller contre l'anneau d'or pour chasser la corrida des cercueils, les taureaux mugissants de la mort qui surgissent et le ballet des toréadors, souvenirs aux habits de lumière... Or ! Argent !... Pas ce soir ! Pas ce soir ! J'épouvanterai le sommeil !... Or ! Argent !... Les ventouses du sommeil... Je taperai ma cuiller d'argent contre mon anneau d'or. A chaque fois que j'ai dormi, j'ai revu ce que je ne veux pas revoir... Or ! Argent !... Pas ce soir !... J'arriverai à entendre sans dormir jusque-là le septième Angélus du soir pour le moins... Je tape ma cuiller d'argent contre mon anneau d'or... Mon sang lui-même veut s'endormir !... Or ! Argent ! Mon cœur d'amont ouvert, d'aval fermé !... Or ! Argent !... Carillonnez, secondes, contre mes tempes... Je ne dormirai pas ce soir... A gauche s'éloigne le Royaume des Vivants et mon Prince d'Aurore, à droite accourt l'Empire des Morts et le Baron Noir... Or ! Argent !... Je-ne-dor-mi-rai-pas !... Pas ce soir ! Or !... Argent !... Or !...

*
**

... Je porte une robe de guipure blanche et des bottines à talons de corail, un long ruban de velours rouge fredonne autour de ma taille et dans ma guimpe tremblent mes seins ronds, chauds comme des œufs frais. Mon sang est un long frisson de refrains, mes sens s'éteignent et se rallument, une dure coulée d'air racle ma gorge, une rivière de chaleur coule entre mes cuisses qui palpitent et mes seize ans sont seize soleils dans la nuit bleue. Le miroir dit la grâce de mon cou enchâssé dans une dentelle ivoirine tendue par trois baleines de rubis, mon sautoir fait sept rondes au-dessus de mes salières. Je me mords les lèvres pour les rougir. Ma bouche sera une bougainvillée sur la cire brune de ma peau. Une moue acidulée picote mes commissures, mes narines sont heureuses comme des libellules. Les azalées noires de mes yeux resourient à leur image. Seize pétales a la rose rouge épanouie parmi mes cheveux sombres. Sa rosée scintille autant que les étoiles de mes boucles d'oreille, la nébuleuse de mon diadème de brillants et les clips en croissants de lune qui retiennent les boucles et les anglaises de ma coiffure.

Lamercie, ma nourrice « mouka », martiniquaise au madras entortillé, tourne autour de moi et arrange mes jupons de moire blanche.

« ... Sois rieuse, enfant, dit-elle... Pour toi, la vie commence aujourd'hui... Dehors, dans la cour, les quatre chevaux gris du « buggy » piaffent et t'attendent... Tu paraîtras et les bouches se tairont... Tu verras leurs regards sur toi comme un essaim de guêpes... La musique pour toi entamera un galop triomphal... « *Il* » sera déjà là. Il ne te restera plus qu'à *le* reconnaître parmi la foule de ceux qui s'avanceront vers toi. Tu *le* respireras comme un parfum... La vie pour toi est un char de victoire. Un peu plus chaque jour je me dissiperai à tes yeux. Il doit en être ainsi... Tu m'oublieras vite, je ne serai plus que la vieille bonne... Et dès maintenant je te dis adieu... »

Et Lamercie, ma nourrice « mouka », détourne la tête et pleure en silence. Moi, je chante ! Qu'elle retourne à ses casseroles et à sa vaisselle ! Il est un temps pour tout ! Désormais je n'aurai plus besoin de ses baisers, de ses gros doigts, de ses caresses. Aujourd'hui finit l'enfance, l'Amour commence !

Mon père m'a donné un carnet de bal en cuir de Russie carminé. La ! La ! La ! Je danserai le Quadrille, les Lanciers, la Chaîne des Dames. La ! La ! La ! La Méringue, le Galop, la Valse et la Polka... La ! La ! La !... Les pétards de la veillée du Nouvel An déflagrent déjà dans la rue où circulent les attelages et où courent des négrillons en goguette. Le morne l'Hôpital dresse ses masses vert nocturne. Par la fenêtre le quartier de Turgeau est une mosaïque baroque de carrés lumineux et sombres, de cercles d'arbres et d'angles de rues. Port-au-Prince dégringole jusqu'à la mer, ponctué de réverbères blafards, de tambours épileptiques et de musiques de maringouins en chaleur. Mon âme de ce soir est un quadrige d'élans, de désirs, de joies et d'inquiétudes indomptées. Ma main est agitée d'une imperceptible fibrillation. Mon père ne me donnera pas le bras pour pénétrer pour la première fois dans la grande salle de bal du Cercle Bellevue. Ce matin, il est parti en voyage inattendu. Tout à l'heure, ma tante viendra, flasque et cérémonieuse, flanquée de ses trois filles, trois grandes perches quarteronnes avec des têtes d'écouvillons. Elles m'accompagneront.

En attendant qu'elles arrivent, je suis à table pour une légère collation de poulet froid, de salade et d'huîtres bleutées. J'aime ouvrir mes huîtres moi-même. Je n'ai eu qu'à taper du pied pour que Lamercie, ma nourrice, s'évapore, se sauve et me laisse faire ce que je veux. La coquille fait un baiser frais au creux de la main et le mollusque est un éclair qui fuse sur la langue en un cortège de claires saveurs de sel, d'iode et de glace. Gourmande, je les ouvre l'une après l'autre, je gobe aussitôt chacun des ostracaires tremblants pour calmer l'impatience qui trépigne sur mon cœur. Soudain le couteau dérape sur la valve, glisse et avec rage, cruellement, m'ouvre la main. Je crie. Le sang goutte précipitamment de la vilaine déchirure en petites poires écarlates qui s'affaissent, s'arrondissent, roulent sur la serviette qui les boit d'un trait. Jaillie debout, le bras brandi, la main tendue, je crie... Ma vue se brouille sous un rideau d'arabesques grises qui se chevauchent, grandissent, se rapetissent, se cabrent en gigues frénétiques. Je crie... Je m'affaisse... Je sombre corps et biens...

Voici qu'une marée concentrique de tranchants sinistres, myriades de blancs couteaux aux ailes fulgurantes, immense volée de lames au rostre aigu s'élance de toutes parts et m'assaille. Successivement, avec une joie lubrique, chacune des pointes acérées me transperce ! L'électricité de mon être jaillit de tous côtés en longues sinusoïdes, en zébrures zigzagantes, elle spirale, s'ébouriffe en pelotes, en comètes, en méduses et en constellations. Hoquet incoercible, je m'abîme et je renais pour remourir. Sur une forêt de piques des coquilles innombrables s'ouvrent et se referment avec des claquements de bec sonores. Les oiseaux noirs arrivent ! Ils volent dans la tornade de boue qui siffle, ronfle et se gargarise autour de moi. Ils tournoyent en cercles olympiques, ils masquent les cieux, ils planent et foncent sur leur cible en dardant des têtes chercheuses. Sur toute la surface de mon corps, des plaies rient à gorge déployée, s'essoufflent, s'étranglent, puis éternuent. Des rires explosent comme des schrapnells verts. Je tremble au pôle opposé à la joie peureuse du premier sang des règles virginales. Au bout de l'horizon, une dernière petite tache claire, mes rêves adolescents qui s'ébattent candidement dans un lait d'aurore et s'éloignent au ralenti. Mais aux quatre vents de la rose, le bal noir des mollusques géants, le bal d'ombres et d'albumines vient de commencer.

***

... J'ai toujours eu la tête faible et le cœur un peu boiteux. Combien de temps cette tête, ce cœur pourront-ils tenir dans cette attente sans rendez-vous, cette espérance têtue de celui que j'espérerai toujours ? Il viendra en l'espace d'un « *abrir y cerrar de ojos* », en l'espace d'un cillement, comme aimait à répéter ma marraine. C'est à croire que ma fragilité même fait ma force. Le vent furieux déchire parfois en plein vol les oiseaux mais il est incapable de dilacérer une plume.

J'ai ouvert les yeux sur le visage chiffonné de Sœur Eglantine penchée sur moi. Elle s'est vivement redressée, elle a toussoté et s'est enfuie marmonnant de confuses paroles d'explication. Elle était encore venue m'espionner dans mon sommeil ! Elle était encore venue pour essayer de voler mon secret. Qu'a-t-elle pu saisir ? Pas grand-chose, j'imagine. Personne ici ne sait véritablement rien de moi, à part Mère Supérieure à qui on a probablement confié l'essentiel de mon histoire au moment où l'on m'a recluse ici... Qu'importe ! Mon arcane est impénétrable et bien gardée. Connaître l'« histoire » n'avance à rien, ne fait que compliquer le mystère. Dans le meilleur des cas, il faut ensuite imaginer, inventer, créer de toutes pièces un être humain capable de l'avoir vraisemblablement vécue. Et c'est terriblement difficile, ingrat... Les êtres, pourvu qu'ils soient nés, sont libres, s'évadent de l'histoire où l'on veut les enfermer et agissent à leur guise.

Sœur Eglantine peut continuer à glaner dans les couloirs. Les secrets des nonnes et des carmélites toujours avec elles périssent, pourrissent, si jamais elles ne réussissent pas à s'évader du bagne ! Nulle ne peut savoir la vérité vraie de l'autre dans un cloître. Sœur Eglantine a beau trotter à pas menus, avec son train fureteur, traînant sa traîne noire, son traîneau vide et la grenaille asthmatique de ses soupirs, tournant les peaux d'oranges de ses oreilles fleuries, puis se sauvant tel un cafard, cahin-caha, branli-branla, descendant le tourbillon de pierres disjointes du colimaçon, sautillant, dégringolant, s'essoufflant, chutant, s'aidant, se reprenant pour retomber de marche en marche jusqu'à un nouveau couloir !... Sœur Eglantine a beau faire, aura beau se désespérer, elle ne pourra jamais recoller ces lambeaux que le vent emporte. Elle n'aura jamais une âme entière dans la main. C'est-à-dire qu'elle ne saura jamais. Sœur Eglantine est la plus malheureuse d'entre nous toutes, car elle ne semble pas avoir un seul sien scorpion dans la mémoire. Je me demande parfois ce qu'elle est venue chercher ici. Sœur Eglantine n'est pas une vraie nonne. Peut-être est-ce le diable qui a la charge du couvent ?... Chacune, nous ne survivons chaque jour que grâce à notre propre secret, nous sécrétons, nous nous empoisonnons de notre propre venin, Sœur Eglantine est la plus malheureuse. Sœur Eglantine est un cafard.

L'Aumônier traverse d'un pas vif la cour intérieure. L'Aumônier est un brave homme. L'Aumônier est myope. L'Aumônier est sourd, c'est évident. Il s'en va recevoir la confession des Sœurs. Elles se sentiront légères de lui bredouiller quelque chose, de lui confier ce que de toute façon, sourd ou non, il ne pourrait jamais comprendre. Après l'absolution, pour quelques minutes, chacune aura une haute joie fugace, l'illusion de s'être libérée. Haute joie tissée de sèves desséchées, de sucs anciens, de pollens inodores et de spermes inoubliables, haute joie brodée de cigales, de madrépores, d'amours conjurés, haute joie faite de bêtes à bon dieu, de poissons-fleur et de mirages printaniers de pénis insaisissables, haute joie, tapisserie de laquelle renaissent sans cesse nos cruels fantômes de toujours. La mémoire est un revenant dont on ne peut se débarrasser.

Je regarde les vieux piliers de pierre ciselée, les murs mangés de sel, le salpêtre des statues, les vert-de-gris, les rouilles et les gargouilles qui grimacent et crachent les amères mousses de leurs babines. Un pigeon blanc se pavane sur la corniche de granit de ma fenêtre. Mère Supérieure vient d'entrer dans ma cellule, l'œil tranquille, furtif :

« ... Voilà des jours que vous ne vous alimentez pas, mon enfant... Il faut manger pour pouvoir jeûner longtemps... Voyez comme vous vous évanouissez, mon enfant... Mangez, ma Sœur, voici un pichet de lait et une miche de pain bis... Trois nouvelles Sœurs nous arrivent aujourd'hui, vous savez ?... Bénissons le Seigneur !... Cette nuit une large grigne a lézardé l'aile gauche du couvent et quelques moellons s'en sont détachés... Je dois aller voir nos Sœurs qui, leur truelle à la main, ont couru là-bas... Ecoutez le vent qui s'engouffre dans tout le vieux Carmel, fait tournoyer les pages des livres de prières et entonne le *De Profundis*... Sœur des Martyrs est à l'article de la mort, elle râle depuis l'aurore et je dois l'aller revoir avant la fin... Allons, mangez, ma Sœur... »

J'échange un regard amical avec Mère Supérieure et je trempe mes lèvres dans un peu de lait. Mère Supérieure s'auréole de son invariable anti-sourire et s'en va, faisant claquer ses sandalettes.

... J'ai donc quelques jours devant moi avant de sombrer une nouvelle fois dans le sommeil. Cet après-midi, j'accepterai d'aller m'asseoir, ne serait-ce qu'un instant, sur le banc de pierre de la cour intérieure, j'irai ensuite au Salut du Saint Sacrement, peut-être même au réfectoire. Manger invite à manger. Mes membres sont brisés. Je me lèverai cependant.

Le Temps est un Arlequin au justaucorps quadrillé de losanges incolores et de monotonie violette. Les jours passeront. Accoudée à la fenêtre de ma cellule comme à un bastingage, je voyage à bord de La Mélancolie. Se déposent en moi les insinuantes poussières de l'attente, je verrai quelques branlantes étoiles, le loto des alizés, des nuages et de la lune, des astres incertains, passeront des faux jours et des mi-nuits. Alors je sentirai mon ennemi s'approcher, le Dragon Noir du Sommeil. Mon cœur boiteux claudiquera sur ses béquilles, il lancera des rafales entrecoupées de lents coups désordonnés, il émettra un double bang, des chuintements de vapeur, des coups de marteau, des sifflets et des galops échevelés, mais les vieux pistons rouillés ne s'arrêteront pas pour autant de pédaler. Sur la table, la pendule précipitée continue à grelotter.

Je sens une araignée grimper le long de mon mollet. La crampe. Un picotement fourmille mes paupières... Je me dresse pour saisir la cuiller d'argent... Je ne dormirai pas !... Pas ce soir... Depuis des heures je tape avec furie la cuiller contre mon anneau d'or... Je-ne-dor-mi-rai-pas !... Or ! Argent !... Mes oreilles s'emplissent du vacarme métallique, les crampes tarentulent ma peau, un sable chaud coule dans ma gorge, mes yeux écarquillés sont des soleils... Or ! Argent !... Pas ce soir... La plongée verticale s'amorce... Le drelin d'or et d'argent s'éloigne au ras du songe...

La chute libre commence...

... La salle de bal du Cercle Bellevue est touffue de lumières et de gorges haut colletées qui s'ingénient à faire saillir plus rond le jet bivalve des poitrines fruitées, gantées de près. En habits de carbone et smokings d'arsenic, les anges d'alpaga et d'elbeuf traînent des queues de merle bien fendues, ils font la roue derrière le blanc écu de leurs plastrons à mille plis et la cascade mousseuse des jabots. La musique s'insinue le long des cuisses, dans les croupes, et allume des brasiers froids au creux de l'estomac.

Je me suis approchée de *Lui* comme d'un prince... *Il* m'a aussitôt saisie et prise dans ses bras... *Il* a flairé mon encens, le musc charnel qui s'évapore de mes aisselles... *Il* a éprouvé, *il* s'est brûlé à la claire chaleur qui monte de mon pénil... *Il* a été chatouillé par l'intermittent frisson qui parcourt mes reins de pouliche cabrée... *Il* est beau comme un crépuscule de Kenskoff !... *Il* m'a fait virer comme un toton sur mes hauts talons de corail. Mon rire immodéré de fille heureuse a fait tourner toutes les têtes... *Il* a fait sauter mes seins immodestes parmi les chuchotements de leurs voix de papier froissé et les étincelles de leurs regards scandalisés... J'ai secoué sur eux la poudre qui farde mes bottines blanches... Je m'en moque!... Je suis la première de toutes les demi-vierges qui emplissent la grande salle du Cercle Bellevue, mon sang est bleu et mon père est presque un roi !... Dans un Galop étourdissant je balance ma croupe brûlante d'alezane dorée. Je paonne, je « papaonne »... Au Cours de la Chaîne des Dames, en passant près de *lui,* j'ai frotté les fruits ardents de ma poitrine sur *son* gibus moiré... Pendant le Quadrille, on a vu mes genoux et j'ai rendu regard pour regard aux pimpesouées qui se gondolent d'envie !... Je suis la plus chaude, la plus belle et la plus riche... Pour qu'*il* devine le long fuseau de mes cuisses, dans les Lanciers je me suis tirebouchonnée telle un siroco poudreux... J'ai arraché ma main de celle de ma tante qui est venue pour m'entraîner. Elle n'a pas osé élever la voix, car elle sait que mon père, que tout le monde, me donne toujours raison. C'est de l'argent de mon père, son beau-frère, qu'elle vit... La Valse a fait de ma jupe une corolle, la Méringue a fait de la guipure de ma robe une Voie Lactée et le Galop a transformé ma chevelure en nuit de lune... Ma tante n'a pas osé protester quand j'ai invité l'*Inconnu* à me raccompagner, car je serais partie seule avec *Lui* dans le « buggy »... Et nul n'osera proférer à voix haute les propos désobligeants qui les démangent... Me donnerai-je à *lui* tout à l'heure, dans la rosée, sur le gazon du jardin ?... Nous quittons le bal, *lui* et moi, marchons d'un pas de deux triomphal devant une salle médusée, suivis de ma tante qui trottine à notre suite, encadrée de ses trois rosières, quarteronnes aux têtes d'écouvillons... Dans le devant-jour gris-mauve nous montons tous dans le « buggy ». *Il* s'assied tout contre moi et je laisse couler mes cheveux dans *son* cou... Mon père me passe et me passera toujours tout !... Devant la villa *il* nous a quittées. Je suis descendue, le cocher ira raccompagner ma tante et ses filles... Peut-être reviendra-t-*il* avant que le soleil ne secoue ses crinières jaunes sur le quartier de Turgeau qui dort encore ?... Ma tante a attendu pour partir que Lamercie m'ait ouvert la porte, mais je redescendrai !...

Je suis redescendue... *Il* est revenu !... Mais je *l*'ai mordu jusqu'au sang au moment où *il* m'a renversée sur le divan de la galerie entourée de bougainvillées. J'ai labouré *son* cou avec mes ongles, je *l*'ai frappé au visage !... Pourquoi *l*'ai-je giflé ?... *Il* est parti et je suis seule!... Malheureuse que je suis !... Pourquoi ne me suis-je pas donnée à *Lui* dans le petit jour rose frangé de gris ?...

... Je revois mon réveil... Un vide lancinant dans la tête, la bouche amère, les jambes cotonneuses, les seins faibles et endoloris. La courbature me cisaille les reins... Encore en tenue de cheval, mon père est à mon chevet... Jamais je n'ai vu mon père avec un tel visage... Il tremble... Il hurle... Je crie aussi de toutes mes forces, cambrée comme une poulette des Cahos... Je veux seulement savoir qu'*il* est beau comme un crépuscule des montagnes ! Je ne sais pas si je *l*'aime, mais je *le* veux aujourd'hui pour moi puisqu'*il* est le plus beau !... Qu'est-ce donc qu'aimer ?... J'aime la jolie courbe des revers de moire de *son* gibus d'alpaga... J'ai crié à mon père que je ne consentirai à *l*'oublier que si, pour *le* remplacer, il m'en trouve un plus beau... Je ne veux rien entendre, je hurle comme une démente... Alors mon père m'a giflée !... Je me dresse sur le lit et je lui crache au visage... Alors mon père a tenté de me consoler et a essayé de m'expliquer. Il dit que *celui* que je veux ne peut être à moi... Il prétend avoir une confidence à me faire... Mon père me lisse les cheveux et me bouchonne lentement comme une petite chatte... Je ne veux pas de ses confidences, je ne veux pas de ses câlines qui apaisent, j'ai besoin de neuves caresses qui ébouriffent les sens... Je sanglote éperdument... Mon père a beau dire, il a beau faire, il ne peut pas, il ne sait pas, qu'il ne me touche pas !... Qu'est-ce qu'il raconte ?... Je ne veux pas de son histoire !... J'ai faim de *celui* que je veux !...

... Il a dit que *celui* que je désire est un bâtard ! Qu'est-ce qu'un bâtard ?... Il dit que *celui* que j'ai choisi est son bâtard!... Il ment!... Ce n'est pas vrai qu'*il* soit mon demi-frère !... C'est un mensonge, c'est un prétexte !... *Celui* que je veux ne peut être mon demi-frère !... Qu'est-ce qu'un demi-frère ?... Je hais mon père !... Même si c'est mon demi-frère je me donnerai à *lui* à la première occasion !... Je le ferai !... Tout le monde sait que je suis capable de le faire... Je m'ouvrirai à *lui,* comme s'entrebâille au soleil un fruit mûr... Je m'écarquillerai à *lui* n'importe quand, n'importe où, et *il* me prendra... *Il* me prendra comme on respire une fleur, *il* me boira comme on savoure un vin vieux, *il* me pénétrera comme on se baigne à la source !... Je ne connais plus mon père !... Je le hais ! Je ne connais que *celui* que je veux !... Même s'*il* est mon demi-frère, *il* me couvrira de son corps comme au mois des chaleurs les mâtins couvrent les chiennes, de même qu'au temps des jasmins les papillons se lient aux papillonnes, ainsi que les souris s'accrochent aux musaraignes avec des pluies de sucs et des cascatelles de cris plaintifs !...

... Mon père s'est dressé... Mon père est fou !... Il me frappe de ses poings fermés, il me frappe comme un forcené... Il m'écrase le visage, il me défonce le crâne de coups... Mon père est fou ! La douleur me cloue au lit et la terreur m'en arrache !... Je cours autour de la chambre dont les murs se chevauchent... Mon père est fou !... Il me frappe à coups de pied, il me frappe à coups de poing, il me frappe de sa cravache... Mon père hurle et me poursuit, frénétique... Je fuis, mais mon ventre rencontre toujours un pied, le sang coule de mon nez, la cravache me cisaille et me zèbre de cinglures... Mon père est fou !... Je défaux !... Mon père me frappe toujours de sa cravache, il ne peut s'arrêter... Mon père est fou !... Je sombre !...

... L'air n'est plus que cravaches, que poings et pieds décochés qui m'assaillent... Des serpents sifflent autour de moi et me fouaillent de leurs spirales incendiées... Je crie à gorge déployée, cependant seul un mince ruban de silence se lisse de l'écrin ouvert, les demi-cercles de ma denture !... Quelles sont ces bêtes de cuir, quelles sont ces lanières de sang, ces pieds fourchus, ces pattes velues, quelles sont ces bêtes d'apocalypse qui se ruent sans cesse sur moi ?... Le ciel n'est qu'une marelle de sang où tapent des pieds géants, où planent des mains lubriques. Ma chair est arrachée et vole en lambeaux ! Je suis une source jaillissante, un geyser d'affres et d'effrois, un scherzo de douleurs, de tétanies et d'écartèlements. Les bêtes immondes me lancent d'une patte à l'autre, me projettent entre les vrilles de leurs yeux, je ballotte entre les stridulations de leurs queues fléchées, entre leurs griffes fulgurantes, entre les crocs jaunes de leurs gueules d'ombre !... Diabolo rouge, je monte dans les airs comme une roue, comme une croix, comme une étoile de sang, comme une fusée, comme un obus et inlassablement je retombe sur mes plaies dans les furies cravachantes du blizzard qui aboie, dans les pattes-mâchoires qui goulûment me déchirent, me dilacèrent et m'éparpillent aux quatre orients !... Mais toujours, en l'espace d'un éclair, le lézard humain se ressaisit et recolle sans relâche ses lambeaux, ses chairs, ses quartiers et ses abats !... Je ne suis qu'un pantin épileptique, qu'un saltimbanque lugubre, qu'une poupée crevée, sans force, et cependant sauterelle éternelle !... Et mon martyre se prolonge au rire des heures, dans la sauvagerie rageuse des secondes...

... Je retrouve le doux cantabile des matines, la lente, la tranquille désespérance du Carmel, tous les bruits familiers, la voix rogue du vieux chien, le glissement subreptice des pas religieux, la corde monotone du rosaire, la céruline de la nue découpée entre les hauts murs cancéreux et chancis, la pâleur des violettes du faux jardin, les abois du silence et enfin la maladie de langueur de mes Sœurs entre pierre et ciel...

Aujourd'hui, c'est la Chandeleur. J'en suis satisfaite, car on dit que les intervalles moins gris que nous appelons les journées vont s'allonger. Sous les rais obliques du soleil qui n'est qu'un pauvre cierge de cire diaphane, Mère Supérieure traverse maintenant les arceaux subovales de la galerie. Je vois sous la corniche de Sainte Elisabeth les trois nouvelles qui entourent la Sœur Tourière. Qu'a pu voir aujourd'hui Sœur Tourière derrière le grillage de ses triples croisillons, au haut de sa tour ?...

Les trois Postulantes sont heureuses de savoir. Elles sautillent et rient comme des pinsons. Sœur Tourière a vu au loin un vieux paysan, son aiguillon et trois bœufs lents sur la route... Trois bœufs noirs et blancs ? Et nos trois nouvelles Sœurs tournent leurs cornettes blanches, leurs visages roses, leurs yeux couleur de mer et leurs bouches corallines. Elles ont souri.

Sœur Tourière chuchote... Deux jeunes gens ont traversé le sentier aux sauges, et au tournant, sous le pommier déplumé..., le jouvenceau a embrassé la damoiselle sur la bouche... Sur la bouche ? Elles ont ri très fort, d'un petit rire hennissant et clair, les trois nonnes.

Oui, mes Sœurs, la chevrette rousse s'est

battue avec la chèvre noire à cause d'une touffe de trèfle qui, comme un miracle, verdissait parmi les grands rochers rouillés de la colline... Battues, ma Sœur ?... Hé, oui ! mais la chèvre noire a mis bas d'un agnel jaune et gris qui trottine partout à sa suite... Mis bas ?... Et toutes trois les petites Sœurs ont laissé échapper un éclat rauque et bref.

... Et puis une noce villageoise a passé sur la route, au son des violons. La Mariée est belle en robe d'organdi, est joyeuse en ses voiles nébuleux et conduit elle-même la première charrette au galop, parmi les rires et les chansons. Dans le char à bancs, le Marié dort, la tête dans les cuisses de son épousée, une bouteille à la main... Dans les cuisses ?... Les trois nouvelles Sœurs ont détourné la tête en silence. Il m'a alors semblé qu'elles avaient chacune un petit nuage gris au-dessus du front.

... Il y a eu aussi un enterrement à défiler, des croix, des crêpes, des habits noirs et un petit cercueil tout blanc. Le père et la mère pleuraient derrière la bière, mais se tenaient fermement les mains... Alors les trois petites Sœurs aux bouches d'enfant ont baissé la tête et sont parties lentement, chacune dans une direction. L'une vers les pigeons de l'Ouest, l'autre au Nadir des hirondelles, la troisième descendait l'escalier d'Orient et Sœur Tourière a regagné sa tour par le raidillon du Septentrion.

La joue contre la pierre froide, je vois tomber la première neige. C'est une farine légère qui poudroie les dentelles des arbres nudisexes, les bancs de granit, les saints de marbre, nos vieux toits noirs d'ardoises d'Anjou... Peut-être y a-t-il aujourd'hui dans tout mon être un imperceptible ralentissement de la vie, une amertume légèrement supérieure à l'âcreté d'hier, un entristement fait de lassitude, d'équivoque, d'anxiété et de relents d'effroi. Mon lys ne grandit plus, il décroît, il « dépousse » et rentre dans la terre ! Le chapelet que j'ai pris l'habitude d'égrener et qui m'apporte généralement une évasion relative, un état crépusculaire qui n'est ni veille ni sommeil, un équilibre indifférent fait de la mécanique des lèvres agitées, des doigts roulant sur les ovules de jais, — logogriphe d'un dialogue mystique avec les Sphinx invisibles qui sont censés nous régir —, mon chapelet, dis-je aujourd'hui, jour de la Chandeleur, m'endolorit. Encore plus que je ne le suis ordinairement durant mes phases conscientes. La neige tombe toujours.

Soudain a retenti un grand cri. Il a navigué dans tous les couloirs, s'est perdu sous les voûtes des immenses salles, puis est revenu dans la cour intérieure du couvent après avoir coupé net l'ardeur des flagellants, sectionné le fil des rosaires, des disciplines, des éjaculations, des abrutissements et des extases, enfin il a déchiré le cocon arachnéen que nous retissons chaque jour autour de nos âmes hibernées... Sacristine, en montant au ciel comme à l'ordinaire, a lâché la corde du beffroi... Elle s'est écrasée sur les dalles. Tuée net. Sœur Lyse est heureuse... Une sarabande de robes noires a tourbillonné dans la cour intérieure. Heureusement, ce qui reste du visage de la victime ne mérite plus ce nom. Nul ne pourra donc lire le dernier sentiment qui reste toujours buriné jusqu'à la putréfaction dans la figure des morts. On a emporté la dépouille... Sœur Lyse n'avait pas trente ans. Elle gardera son secret, sa vraie virginité, la seule qu'elle ait peut-être conservée. Comment, pourquoi, personne ne saura jamais !... Les Sœurs passent et repassent, s'observent furtivement tout en poursuivant leurs pépiements complices. Le silence est revenu. Moi, je n'ai pas bougé.

Les litanies emplissent la vieille maison de paix qui depuis des siècles reste impassible sur ce qu'elle a vu, voit et reverra. Les litanies et les chants funèbres sont peut-être les derniers hymnes religieux sur lesquels les poussières des âges n'ont pas complètement accompli leur action délétère, dévitalisation et verbalisation d'appels qui jadis exprimaient le cœur total de l'homme. Le cœur humain a changé. Nous qui, « *entrés en religion* », avons cru pouvoir disparaître dans les oubliettes de l'Imaginaire, n'arrivons plus à couler notre comédie humaine dans ces retables fatigués, ces formules épuisées, hiératiques et déshumanisées. Quand nous tentons d'apercevoir notre propre épure, quand nous essayons d'arriver à l'extase, nous prions le ciel avec nos propres mots... Mais les chants et les mélodies funèbres, eux, bouleversent encore... Nous n'avons plus, nous n'avouons plus l'alternative. Nous, gens de nulle part, seul l'Au-delà nous attire; sinon ce serait l'acte gratuit quotidien, le néant accepté, le bagne de la soif au Pays d'Absurdie... Nous vivons de notre mort, pour la mort, elle seule est notre jouissance, notre orgie, notre bacchanale, notre orgasme et notre transfiguration. Quand je me réveillerai dans la Mort, sous ses soleils noirs, l'espoir peut-être se lèvera... En attendant, dans l'hinterland, deux ressacs battent toujours aux portes du couvent, celui de l'Empire où galope le Baron Noir, Absurdie aux obscurités d'argent, mais aussi, malgré tout, l'inoubliable flot du Royaume où chevauche le Prince d'Aurore, l'Amour aux sexes de rubis.

Resquiescat in pace !... Non, Sacristine n'a pas besoin de dormir, ni de la paix éternelle. Voilà des années que Sœur Lyse est enchantée dans ce tombeau à demi ouvert où nous nous flétrissons toutes. Sacristine connaissait déjà leur prétendue félicité. Toutes nous voulons d'une vie plus fougueuse, plus contrastée, plus diamantée que la vie terrestre !... L'anguille insinuante des litanies va à tire-nageoire, elle processionne, ondule, fait le gros dos et s'infléchit, motets et répons, elle darde sa petite tête lubrique à travers les corridors... Qui donc sera la nouvelle Sacristine ?...

Tous les rites, toutes les antiennes de la Purification de la Vierge ont été chantés... La Durée n'est que la sphère des gestes et des gesticulations. Après Marie la Chandeleur, d'autres rituels, d'autres cantilènes se déroulent, l'Ecoulement se prolonge, le Cercle d'Airain qui entoure le Cosmos se cerne, se décerne, se concerne et s'élargit toujours ! Le Temps se palpe avec les doigts, le Temps est matériel... L'Espace d'un Matin, le Laps d'un couvent, la surface d'une vie, le Délai d'un Univers, le Mouvement Perpétuel, tout cela est matériel... D'époque à époque, une sœur morte, oiseau décoché dans l'Ether, crèvera à l'occasion cette voûte d'airain, la Durée qui emprisonne de toutes parts le volume occupé par notre stupide macrocosme.

Les jours n'ont pas besoin de noms dans les couvents. Tous les jours appartiennent au Seigneur. Les heures n'ont pas besoin de chiffre, les secondes n'ont pas d'ailes, les instants n'ont aucune épaisseur. Le même Fantôme revient, le Crâne sans ossuaire, le Sommeil, Lord aux perruques d'araignées, assis sur son sac de laine, de lises et de sables mouvants... Ecope ma cuiller d'argent ! Ecope mon anneau d'or !... Ces dunes siliceuses qui ruissellent m'épouvantent ! Tape l'or et l'argent ! Au vacarme des métaux précieux qui dialoguent, ma tête faible et mon cœur incertain résisteront !... Que le mouvement perpétuel me soit donné, car je ne dois pas m'endormir... L'or et l'argent ne sont plus que râles d'un rossignol lentement étranglé. Chantez clair, métaux musiciens ! Que votre contre-point soit le tue-cœur, le tue-tête de toute une forêt d'oiseaux-lyre !... Or et argent auront le rythme et la tessiture de deux cymbales !... Pourquoi ce glas poitrinaire de deux quadruples croches aphones ?... Que le glas se taise, ou ce sera ma Passion ! Pas de crécelle de cricri sur ma tête ! Que l'or sonne jaune et l'argent blanc ! Je ne dois pas dormir... Machine éternelle, je tape la cuiller d'argent...

Une boule noire..., neuf boules blanches. Non, il y a une onzième boule, une noire. C'est à moi qu'on a confié l'urne électorale du Cercle. Je la dépouille avec deux bambins. L'un sourit aux anges et son visage est terre de Sienne dorée, l'autre a des cheveux cannelle et ses bonnes joues ont la couleur de la poudre de curcuma. Leurs yeux forment autour de moi une constellation de quatre étoiles matinales... Pour chaque candidat, les membres du comité déposent une boule dans la boîte. Encore une boule noire et l'impétrant aurait été considéré comme indigne d'être admis dans notre société hermétique et brillante. Il faut en effet se montrer impitoyable avec tous ces arrivistes et ces roturiers qui tentent de s'insinuer parmi nous, l'élite !... Je suis presque joyeuse cet après-midi et pourtant c'est sans élan que j'ai accepté d'accompagner mon père au Cercle... Depuis des semaines mon cœur est un petit chevreuil qui fait de la fièvre. Ce cher vieux papa semble mijoter quelque obscur complot contre moi... J'ai envie de rire !

Papa abuse. Il fait vraiment la pluie et le beau temps dans ce vénérable Cercle Bellevue dont il est le président, donc cerbère intraitable des plus sacramentelles traditions de notre beau monde... Le cocktail est délicieux dans ce fin cristal de Bohême frangé de sucre semoule. Le verre chante entre les dents... Pourquoi mon père, si snob en général, a-t-il fait pression et presque imposé ce monsieur Lucien Damaze que presque personne ne connaît ? Sans lui, il n'aurait pu prétendre être élu. Encore une boule noire et c'en était fait ! Ce jeune homme, dit-on, revient d'Allemagne où il a fait des études. Il n'est pas, paraît-il, d'une couleur de peau trop foncée, chose qui serait un crime presque inexpiable, mais il est d'extraction douteuse et ne possède aucune parenté dont il pourrait se réclamer. Cependant, on le dit très riche... Je revois la fin de ce cocktail de Bellevue, ma première sortie après ma crise nerveuse des semaines dernières. Neutre, je regarde nos dandies faire des ronds de jambes au bar. Il n'y a, grand Dieu, aucun qui eût pu trouver grâce devant mes yeux !... Ni gaie ni triste, j'attends la surprise que mon père m'a promise avant tant de mystère... Dans le *buggy*, sur le chemin du retour, il m'avoue avoir un fiancé pour moi ! Je n'oublierai pas ma douleur et mon bel ennui si facilement. Il perd son temps...

... Me voici devant ce fiancé mystérieux... Il porte paletot de velours gris fer, lavallière blanche à gros pois olivâtres, gilet céladon, pantalon vert bouteille, des guêtres cendreuses et me regarde, tenant son canotier à la main. Visage qui donne à rêver !... Un grand front calme et parfois frileux sous le cimier soyeux et bouclé, des yeux volontaires, mobiles comme ceux d'un enfant, cernés d'un halo ombreux, l'ovale du visage est si parfait qu'il en paraît irréel. Les pommettes sont un peu hautes, le nez presque droit, vivant et pur comme un voilier, sa moustache fine laisse voir des lèvres minces, nerveuses, au sourire énigmatique, et le menton... Ce menton !... Mon père est un homme extraordinaire ! Le gredin ! Je comprends maintenant tout, il me l'a trouvé !... Délicieux petit papa ! Comme j'étais folle de croire que j'étais amoureuse de ce gandin, le bâtard de mon père !... Je n'aurais pas pu tenir en place si, mariée, j'avais rencontré ce mulâtre presque brun... S'il n'était le plus bel homme qui se puisse exister, il aurait peut-être paru légèrement trop foncé à mon goût. Ne suis-je pas assez claire pour nous deux ?... Il me regarde... Je l'aime ! Je l'aime ! Je l'aime ! Je suis folle !... Lucien Damaze, c'est aujourd'hui que je suis née !...

... Voici les jours heureux de nos accordailles qui me reviennent devant les yeux dans un halo de soleil... Sa main ouverte enserre presque ma taille, son doigt caresse ma lèvre et il me parle comme on ne m'a jamais parlé ! Il m'a ouvert les portes de la vie. Il me fait pénétrer dans les saisons. Il raccourcit mes heures à la longueur des minutes. Il me fait épouser la courbe de la lumière. Il m'explique le chant des oiseaux. Il est force, il est sel, il est esprit, il est beauté unique, grâce parfaite, perle accomplie, merveille de la vie... Nous voici dans la voiture découverte, les bananeraies vertes de la plaine, mon père à ma droite, l'amour à ma gauche. Nous allons rendre visite au père adoptif de mon promis. Ce vieux Crésus, hier général satrape, est aujourd'hui un grand « don » de la plaine, un grand planteur féodal qui ne peut mesurer ce qu'il possède, dit-on, tout *nègre-z'orteils* qu'il est. Le paysage cahote allégrement au trot des chevaux... J'ai toujours appréhendé de frayer avec les gens qui ne sont pas de notre monde. Naturellement celui qui est mien désormais, il est des nôtres, on n'a qu'à le regarder pour le voir. Toutes mes amies m'envient déjà... Des paysans aux vêtements sales et aux jambes nues couvertes de boue passent à côté de nous sur la route... Mon père a jugé que nous étions obligés d'aller rendre visite à ce vieil oncle, un ours brun mal léché à ce qu'on dit, toujours vêtu de gros bleu, de sandales de cuir brut et qui ne sait même pas s'exprimer en français. Papa aurait-il des difficultés d'argent ?... La main de mon fiancé tremble dans la mienne, il doit être un peu honteux de me présenter ce grand-oncle paysan, mais je ne lui laisserai pas voir mon trouble ni ma répugnance, car, lui, il est beau. Je l'aime... Voici cette grande maison à étage perchée sur le dos d'âne, inquiétante « chambre-haute » entourée de tonnelles de raisin, de mapous simiesques et de rudes frondaisons persillées... Voici les médeciniers diaboliques, les mancenilliers fous, les « concombres-zombis » torses et toute la flore mystérieuse qui jaillit autour de cet épais et gras vieillard aux cheveux roux et crêpus qui nous accueille, assis au milieu des touffes... Ce nègre grimaud, gorille à la peau de brique et au sourire ambigu me regarde avec des yeux mouvants et rouges qui dansent, telles de grosses mouches qui s'agiteraient devant ses orbites, cupules de chair flasque et ridée... Ses regards font une forêt de lianes enchevêtrées autour de moi, des regards sirupeux qui glissent de mon front à ma nuque, sur mon cou, mes épaules, puis coulent sur tout mon corps comme une cascade de fourmis aux dards lubriques. Ses regards tissent autour de moi de véritables rêts qui m'emprisonnent et me clouent au sol... Je m'arrache à cette impression poisseuse, hypnotique, et fais effort pour m'approcher de ce Silène gras... Il se soulève, puis, tendant les mains, il se saisit de ma tête et colle sa bouche-suçoir dans mon cou... Les yeux s'immobilisent puis disparaissent dans les orbites plissées. Il accueille mon père et mon promis. Ensuite, avec une agilité incroyable, il soulève son ventre gélatineux qui ballotte, se met debout et, fouillant dans la poche de sa vareuse, il en tire un objet de cuir vert... Il me verse dans la main une pleine bourse de portugaises d'or... Il sourit enfin et nous fait signe d'entrer dans la maison. J'ai la main fraternelle de mon fiancé dans la main. Je ne dois pas avoir peur...

... A chaque fois que j'ai revu cet inquiétant vieillard, il m'a laissé la même impression pénible, un lent vertige de myrica... Aujourd'hui a lieu le mariage civil, la cérémonie religieuse sera célébrée demain. Je porte une robe de gros-grain à la guimpe collante, sans ornements, à part la rangée de boutons qui me ferme le dos, des étoiles d'argent pâle, identiques à celles de la ceinture qui me marque la taille. Sur l'ample jupe mi-longue se détachent de rares broderies en fils argentés, des croissants de lune, des constellations, des « saturnes », des comètes, des soleils de nuit qui s'enroulent autour d'une Voix Lactée, fumée de petits points d'argent, qui croise obliquement ma jupe évasée par les jupons mousseux. Mes souliers sont vernis d'argent et mes cheveux nuancés de poudre sont ramassés en une unique natte torsadée qui me tombe sur l'épaule droite. Jamais ma radieuse beauté sauvage n'a été aussi lumineuse. Je suis belle comme une nuit claire... Me contemplant dans la psyché, j'entends la rumeur des premiers invités qui affluent en bas, dans le grand salon, mais la porte s'ouvre lentement... C'est lui ! Le vieux gorille grimaud aux poils crêpus et rouges est là, toujours en vareuse bleue et en sandales de cuir brut ! Il s'avance vers moi, me desserre les doigts et m'enlève ma gerbe de lys. Il me met dans la main un bouquet de fleurs frisottées, précieuses, lactescentes qui emplissent la chambre d'un parfum aérien, spirituel, irradiant et clair comme une romance d'avril. Il me pose sur les cheveux un diadème de platine, filigrane piqué de brillants bleutés comme l'aiguail matutinal. Ses pattes flétries et moites se saisissent de mes mains qu'elles rassemblent en coupe, puis elles y versent le contenu d'un coffret de nacre. Diamants, brillants, solitaires, gemmes, camées et calcédoines ruissellent dans mes paumes. Il pose sur l'appui de la psyché le coffret vide auquel s'accroche encore un serpent d'aigues-marines dont les yeux verdelets flamboient et dont la langue est une escarboucle. On le dirait vivant... L'horrible vieillard a disparu emportant ma gerbe de lys...

... Pendant que l'officier de l'état civil fait son discours, je respire mon blanc bouquet de fleurs frisottées. Je ne peux m'empêcher de respirer cette verte odeur captieuse qui monte du bouquet blanc... Nous avons tous craint que le vieux paysan velu ne surgisse au milieu de la cérémonie comme un lémure... Il ne devait pas venir, or, tout à l'heure, n'a-t-il pas apparu dans ma chambre ? S'il pénètre dans ce salon, que dirons-nous à nos invités ?... Voici que tour à tour la foule se rapetisse et grandit démesurément à mes yeux !... Mon père tourne des épaules décapitées... Le dentier de ma tante mord les pendeloques du lustre. Les têtes de mes cousines se promènent sur le plafond, mes anges d'honneur deviennent des gnomes sardoniques... Qu'y a-t-il dans ma tête ? Qu'y a-t-il dans ma bouche ? Mon fiancé n'a plus de corps pour relier ses mains et ses pieds !... Les voix s'enflent monstrueusement et deviennent des cavernes de dysharmonie, des échos, des cyclones aphones !... Un goût d'albumine bouscule ma gorge... Le serpentin de parfums de mon bouquet tourne autour de moi... Je hurle ! Je sombre dans un lait de mucosités glaireuses !...

... Je suis allongée sur le parquet dans ma robe de gros-grain blanc. Les gens chuchotent et se penchent sur moi...

« Elle est morte ! » disent-ils.

Non ! Je ne suis pas morte ! Mais je ne peux plus crier... Je ne sens plus mon cœur, mon cœur s'est arrêté de battre !... Je ne me sens plus, je suis sculptée de glace et d'immobilité... Je vois une dernière fois l'oiseau bleu du chapeau de ma tante qui se rapproche toujours de mes yeux et pénètre ma cornée ! Tout est bleu ! Bleu ! Bleu !... Ma gorge n'est qu'un anneau de striction... Ma bouche est de soufre et d'albumine...

« Elle est morte !... » disent-ils.

Non ! Je ne suis pas morte !... J'entends !... Je les entends tous autour de moi, mon père, Lamercie, ma nourrice « mouka », ma tante et mes cousines... La pulpe d'un doigt s'insinue sous mes paupières...

« ... Elle est morte !... »

Non ! Je ne peux pas être morte !... J'entends la voix de mon fiancé qui m'appelle ! Je sens goutter ses larmes sur mon visage !... Je sens sa paume se modeler sur mon sein gauche... Je l'entends !

« Elle est morte !... »

Non ! Je ne suis pas morte !...

*
**

... Sœur Portière vient d'entrer dans ma cellule :

« ... Comment allez-vous, ma Sœur ?... Vous savez, ordinairement je ne peux pas venir vous voir... »

Sœur Portière est pâle comme une rose-thé. Ses yeux gris sont pâles comme l'attente. Ses mains longues sont pâles comme le parchemin qu'elle enlumine pour l'éternité. Sa voix est pâle comme la chanson des bambous en fleur. Sœur Portière me sourit et son sourire est pâle comme la mort :

« ... Une Sœur reçoit maintenant une visite derrière le cloître et Mère Supérieure attend debout dans son cilice, lisant et relisant son livre fermé... » Sœur Portière me touche le front. Elle resourit. Elle part et agite en signe d'adieu le bout de ses doigts fanés.

« ... Une Sœur reçoit une visite derrière le cloître !... »

Comme un papillon, la phrase bat des ailes dans les couloirs :

« ... Une Sœur reçoit une visite derrière le cloître !... »

Les fleurs de neige font des ciselures à ma fenêtre. Le ciel est un mélange de bleu et de roux vert. Le verglas brille comme un étang saumâtre dans la cour intérieure du couvent. Sœur Converse passe avec un sac de sable qu'elle laisse couler entre ses doigts. Elle pose son sac et souffle dans ses mains. Les Sœurs Converses ont toujours les doigts bleus. L'heure sonne. Sœur Sacristine monte au ciel au bout de la corde du beffroi...

Je descends l'escalier dur, je traverse le couloir grêlé de petite vérole, je marche sur le verglas ensablé. Je dis bonjour aux passereaux qui nitent sous le porche lancéolé de la chapelle. Mes pas claquent dans le transept jusqu'à l'autel de la Vierge. Je m'agenouille.

« ... J'aime le bleu de ta robe, Marie... Tes pieds nus sont tristes et semblent avoir froid... Le blousant de ton corsage est souple et harmonieux sur le lien qui te noue la taille... Tu souris toujours dans ton voile blanc, est-ce que tu ris parfois, Vierge ?... Fais-moi entendre le son de ton rire. Tu ne veux pas ?... Apprends-moi à joindre les mains comme tu le fais... »

Je me relève et fais un grand signe de croix. L'Aumônier m'attend dans le confessionnal :

« ... Bénis-moi, mon père, parce que j'ai péché... Je me suis fâchée de voir tomber inlassablement la neige... Je n'ai pas pleuré depuis des années, mon père, je ne sais plus pleurer... Je ne sais plus rire comme les enfants... J'ai effeuillé une perce-neige avec délice... J'ai contemplé le ciel avec des regards impudiques... J'ai menti à une étoile qui me regardait dans ma cellule... Je ne désire pas la mort... Je n'ai pas rêvé à l'amour... Je me suis laissé caresser par la lune qui coulait son bras jusqu'à mon grabat... »

Je suis absoute par le brave Aumônier sourd que je ne vois pas, qui ne me voit pas et qui n'entend jamais ce que disent les nonnes...

La journée a passé comme une lente procession, avec ses croix, ses cierges, ses surplis, ses cantilènes, ses bannières, ses oraisons, ses disciplines et son absence de couleur. La nuit est venue, pas plus sombre que les jours et j'ai voyagé de nébuleuse en nébuleuse, avec mon cœur d'amont ouvert, d'aval fermé, triste, à la proue de mon soleil ombreux. L'aube a entrouvert les lèvres, l'aurore a souri, et de ma fenêtre j'ai entendu le rire du matin. La pendule sur la table, précipitée, bat comme un cœur épouvanté et dévore les secondes... On n'a pas revu Sœur Chantal ce matin. Elle n'est pas dans sa cellule. Elle n'est pas à la chapelle, elle n'est pas dans les couloirs ni dans la tour. Elle n'était pas au bas de la falaise. Sœur Chantal avait reçu une visite hier dans le cloître. Sœur Chantal était une congaï... J'aimais ses yeux bridés, son teint jonquille. On ne reverra plus Sœur Chantal... Sœur Chantal sera peut-être heureuse...

Les Sœurs ont tourné au gré des heures, lentes derviches, chanteuses, enlumineuses, veilleuses, guetteuses, repasseuses, cuisantes et brûlées... Pourquoi pas danseuses ?... Le sommeil s'approche avec ses ventouses amères... Je tape ma cuiller d'argent contre mon anneau d'or...

*
* *

... Dans la bière ouverte, j'entends sangloter la famille et les amis rassemblés... Les cierges pleurent à chaudes larmes sur mon visage et sur ma robe de gros-grain blanc. Je suis une statue de froid, ma gorge est cerclée d'une petite bague et ma bouche est de soufre et d'albumine... On a recouvert mon corps d'une pluie de petites fleurs frisottées, précieuses, lactescentes, qui m'irradient. On va et on vient autour de moi... Voici la bouche de mon père qui se pose sur ma main et son sanglot fait tressauter le cercueil... Voici ma nourrice « mouka » qui pépie et qui tremble... Je sais que le visage de mon fiancé s'approche... Je le devine... Qu'il s'approche, qu'il me baise à pleine bouche et je suis sûre d'être ressuscitée !... Ses lèvres épousent les miennes, sa langue s'insinue à travers mes dents, mais ma langue est un mollusque sans vie, ma langue est une albumine... Il m'embrasse à pleine bouche et je ne suis pas ressuscitée !... Le concert des sanglots s'accélère, s'exalte et devient un tocsin d'épouvante !... On ferme la bière au-dessus de moi... Les vis grincent et hurlent !...

... Les cahots s'arrêtent avec le pas des chevaux. Doucement, on m'emporte à bout de bras, on me pose et l'encens s'insinue à travers l'acajou. L'harmonium miaule, chat énervé qui s'étire... Jour de colère que ce jour-là... Les harmonies montent et les voix s'époumonent, s'enroulent et se déroulent, amères et prophétiques. L'officiant dialogue nasillardement avec le chantre et la messe de *Requiem* tombe sur moi toute vive, toute crue, glacée, rigide, vivante dans ma bière de morte... Je suis traversée de bouffées de cris impuissants, de gestes pensés que je ne puis ébaucher... Des gouttes d'eau résonnent cruellement sur la bière... Ma bouche est un brasier de soufre et d'albumines... On m'emporte.

... Tout est noir, tout est nuit, tout est adieu... On maçonne le caveau... Me voilà dans le bleu, avec le vrombissement de cette mouche emprisonnée avec moi dans la caisse d'acajou... Elle se débat pendant des heures sur ma tête, se promène sur mes lèvres, dans mes yeux, dans mon cou... Un petit bruit vrillant... Est-ce un ver qui travaille ? Est-ce la pourriture qui commence ? Suis-je verte comme une moisissure ?... Le bois grince dans la chaleur !... J'entends d'autres vers qui percent leur trou pour arriver jusqu'à moi... Suis-je déjà gaz, miasmes, vers qui grouillent, fourmis, taupes et microbes ?... Suis-je marbre inattaquable ?

... Un cisaillement crève les heures... On me tire, on m'attire... Un tambour hoquette de peur... Les vis grincent et hurlent... La bière est ouverte !... On me glisse une cuiller entre les dents... La vie coule... Elle pénètre mon gosier qui s'entrouvre... Elle fuse dans mes bras, elle me parcourt le ventre... Mon sexe revit et se remet à palpiter... Mes jambes... Voilà mon cœur qui repart, forcené, délirant... On m'arrache !... Le tambour fait rafales, cloches et cymbales à mes oreilles... Je suis debout!... Je crie... Ils me frappent, ils me fouettent, ils me battent, ils me poussent... Je marche... Je marche à travers le cimetière, ville lilliputienne qui s'éloigne... Voici les lueurs de Port-au-Prince, épanouie comme une fleur de rêve... Je hurle !... Ils me fouettent ! Je me débats, je me bats, je mords, je griffe, mais ne peux m'échapper ! Ils m'attachent... Le tambour ronfle parmi les cris de mes geôliers et les sifflets des cravaches...

... Me voici dans la chambre tentée de noir... Me voici en tête-à-tête avec un affreux bouc à jaquette rouge... Un *baca* !... C'est un *baca* ! Animal humain ! Bête enchantée !... Me voici dans ma robe de gros-grain blanc brodée d'argent, mon voile de mariée sur la tête... Parfois, le vieux silène gras entre dans la chambre et me donne à manger... Les mets n'ont jamais de sel et le bouc, sans arrêt, fait des cabrioles autour de moi, me regardant avec son œil humain... Il y a aussi un serpent qui rampe sur le plancher... L'hominien velu et roux parfois s'agenouille devant moi comme devant une madone et éructe des prières dans un langage aux sonorités d'épouvante... Je suis consacrée à quelque dieu de Mort, à quelque Belzébuth sadique... Je suis vive et morte, entre la chaise, la table, le lit, le bouc à jaquette rouge qui bêle pendant des heures, le serpent qui s'enroule et se déroule... Les mets n'ont jamais de sel... Ma robe de mariée sera neuve au long de la durée... Je suis vive et morte, sans force, sans voix, sans volonté... Voilà des années que le gorille aux poils rouges qui blanchissent tourne autour de moi, me révérant comme une statue... Mon œil est morne et indifférent... Les mets n'ont jamais de sel... Je suis une ZOMBIE.

... Mère Supérieure est à mon chevet... Maintenant je me rappelle... On m'a retrouvée un jour devant le cadavre du vieillard sinistre... Mon fiancé m'a regardée et s'est tu... J'étais une ZOMBIE !... On m'a amenée au-delà des océans, dans ce couvent de pierre, dans ce pays où il n'y a pas de soleil !... Mère Supérieure me regarde, me caresse le front et me dédie son éternel anti-sourire...

Mais je ne suis pas une nonne !... Je ne veux pas épouser l'Epoux Céleste !... Je ne suis plus une ZOMBIE !... Je ne veux plus être une

ZOMBIE !... Je ne suis pas une nonne !... Je crois que mon époux reviendra un jour, il ne peut pas ne pas entendre mon appel, il m'a aimée, il m'aime, il doit m'aimer !... Un jour l'amour triomphera en son cœur... Il viendra alors m'arracher à cet hinterland sans couleur où je végète entre deux contrées !... Je le crois... Un jour il se ressaisira. Il ne pourra pas vivre tant qu'il ne m'aura pas délivrée !...

Ne demeurent dans le couvent que celles qui n'ont connu que le Faux-Amour... Moi, je me suis approchée de lui comme on s'avance vers un Prince... Lucien Damaze, te rappelles-tu le jour, où, te voyant, je suis née ?... Tu m'as ouvert les portes de la vie, tu m'as fait pénétrer dans les saisons, tu m'as fait épouser la courbe de la lumière !... Je veux ta force, je veux ton esprit, ta beauté parfaite, tu es merveille de la vie !... Dans toutes les cellules, Sœurs à chanter, Sœurs à prier, Sœurs à se donner la discipline sur le carreau gris, Sœurs Converses dans le potager, le poulailler ou l'office, Sœur Tourière dans sa tour à broder les draps du Temps, Sœur Portière et son in-folio vermeil devant la porte grillagée du cloître, Sacristine qui monte au ciel au bout de la corde du beffroi, Mère Supérieure enfin et son cilice, lisant et relisant, faisant la ronde des kilomètres de couloirs du Carmel.

Sœur Eglantine écoute à la porte de ma cellule. Sœur Chantal est peut-être heureuse. Moi, j'attends. J'attends patiemment... La pendule précipitée égrène sur la table son interminable rosaire...

Ce soir, je taperai ma cuiller d'argent contre l'anneau d'or que mon époux m'a donné...

« ... Neveu, voilà une bien curieuse histoire !... On dit que ce que l'on ignore est plus grand que soi... Si les histoires de ZOMBIS *sont des légendes, heureux sont les peuples qui ont d'aussi grandes et vivantes légendes ! Que ne pourra réaliser un peuple qui a du cœur et l'imagination aussi grande ?... Si les histoires de* ZOMBIS *sont vraies, pourquoi voudrais-tu être le seul à en être certain ?... Je ne te le dirai pas ! Si tu veux savoir tu n'as qu'à te faire* ZOMBI *!... Et puis, à ce qui paraît, vous autres « composes » d'aujourd'hui, vous êtes madrés... Je ne voudrais pas que tu ailles conter que tu as berné ton grand-oncle, le Vieux Vent Caraïbe en lui racontant une histoire de* ZOMBI*... Le chat qui a fait le coup, il n'est pas loin ! Je t'ai à l'œil, mon garçon !...*

— Tonton, répondis-je en riant, vous m'avez parlé de l'amour tout à l'heure, aussi,

je vous ai raconté une histoire d'amour ! Parlons bien, de Faux-Amour... Mais qui peut à coup sûr démêler le vrai du faux ?... D'ailleurs, vous-même, Vieux Vent Caraïbe, respect je vous dois, vous ne vous êtes jamais marié, ni placé... Pourtant, les Brises ont souvent heureuse humeur, sont bonnes, joyeuses, jolies, tendres et caressantes. On raconte que vous êtes coureur et trousseur de jupons, un gai luron, fameux drille et volage malgré votre grand âge... Parlons net, dites-moi la vérité, pourquoi êtes-vous resté garçon, mon oncle ?...

Le Vieux Vent Caraïbe devint alors tout entristé, et sans détours, sans se faire prier, après avoir toussé, il commença :

LE DIT DE LA FLEUR D'OR

DIT DE LA FLEUR D'OR

Neveu, les gens voient le vent et ils s'imaginent qu'il se contente de souffler comme un fou !... Les hommes refusent le don du cœur à ceux qui n'ont pas la même apparence qu'eux. Pourtant, tout Vieux Vent Caraïbe que je suis, comme chacun j'ai aimé, j'ai eu peur, j'ai été jaloux, j'ai été brave, j'ai été lâche, j'ai souvent ri et parfois pleuré. Si dans mon existence impalpable d'être aérien, d'être de rien, j'ai eu de temps à autre des coups de soleil au cœur, une fois pourtant je crois, une seule fois, j'ai vraiment été amoureux... Jamais je n'ai retrouvé une autre qui valait ma non-pareille. Or elle n'a été ni Brise, ni Aurore, ni Etoile, ni Rivière, ni Déesse de l'eau, elle n'était qu'une simple femme. Mais quelle femme !... Depuis sa mort on ne m'a plus dénommé que le Vieux Vent Caraïbe, et on a eu raison...

Tu as certes entendu parler de celle que pour

l'éternité on connaîtra sous le nom de La FLEUR D'OR, la grande Anacaona qui, la première dans les Amériques, se leva contre les Conquistadores, mais tu ne peux t'imaginer quelle femme elle a été... Nul ne le peut. Peut-être mon cousin, le fleuve l'Artibonite se rappelle-t-il encore la grande Samba [1], plus ou moins, mais à part lui personne ne peut se représenter cette femme ! Ce que mes yeux ont vu, ce que mon cœur a éprouvé, jamais personne ne le reverra, ne le connaîtra en présence d'une simple femme. Bien sûr, Anacaona me préféra le grand Cacique de la Maison d'Or, le terrible Caonabo, tous les livres d'histoire le relatent, mais le fin fond et le pourquoi des choses restera toujours secret. Pendant plus de deux siècles j'en ai voulu au grand guerrier du Cibao qui me ravit l'amour de La FLEUR D'OR. J'ai été jaloux ! Affreusement jaloux ! Je jure pourtant n'avoir rien fait contre le noble Caonabo et je ne suis pour rien dans sa triste fin. Je l'ai aidé et servi comme tout loyal arawak rend ses devoirs à son Cacique. Aujourd'hui, mon cœur a perdu un peu de son amertume, aussi je peux avouer qu'à bien des égards, pas à tous, le Cacique de la Maison d'Or méritait plus que moi La FLEUR D'OR. Caonabo était un homme sans reproche, beau, noble et impétueux comme un torrent du Cibao. Peut-être

1. Poète, musicienne et danseuse indienne d'Haïti.

était-il un peu fruste à côté de la grande reine, mais il a malgré tout sauvé l'honneur caraïbe. Il s'est battu comme un bel hurricane. Il a été vaincu, mais la leçon n'a pas été perdue. Honneur à lui ! Honneur à Ahity la Belle !...

Ah, neveu ! tu ne peux t'imaginer ce qu'était la vie dans cette île du temps de nos grands Caciques !... Tout appartenait à tous, même aux Naborias [1], et nous n'étions pas haïssables comme vous l'êtes devenus aujourd'hui. Celui-là avait besoin de cette banane ? Il la prenait sans avoir à en répondre à personne !... Cet épi de maïs, cette pépite d'or, cette pierre bleue ?... Chacun pouvait les saisir et en user à son gré. Les corossols, les mameys, les zachalis, les pommes-cajou, les cacheos, les abricots fructifiaient pour tous. Et les oiseaux ! Vous avez massacré les oiseaux. Combien de flamants roses, combien de poules-à-jolie, combien d'ibis bleus restent dans le pays ? Bien peu, hélas !... Ils volaient au-dessus de nos palmiers-guanos, sur nos yucuyaguas [2] d'argile rouge, parmi nos gigantesques statues de dieux-xémès en troupes joyeuses et serrées. Bien sûr, on travaillait un petit peu, si peu !... On cultivait un peu de coton, des yuccas [3], le maïs, on fabriquait quelques cassaves [4], des

1. Indiens soumis au tribut.
2. Villages des indiens chemès.
3. Ignames.
4. Galettes de manioc.

poteries, nos armes et nos ajoupas, mais chacun travaillait selon son cœur !... Il reste bien peu de chose de nos belles sculptures, de nos gravures murales aux fraîches couleurs, de nos peintures chantantes ! Il y en avait pourtant partout, dans toutes les grottes, au sommet des montagnes, sur les falaises des côtes. Le soir, nous nous mettions nus, le corps peint d'un beau rouge ardent et nous dansions d'invraisemblables ballets sous la lune. Nos butios[1] frappaient leurs cymbales et leurs tambours, nos poètes déclamaient leurs poèmes sonores comme nos rivières, nos Tequinas dansaient et les Sambas chantaient les chants d'éternelle félicité !... Ah ! la joie est morte en Quisqueya la Belle ! Tout compte fait, jamais on n'a été plus heureux depuis l'arrivée de ces maudits espagnols et des autres !... Mais je m'emporte, et tel n'est pas mon propos !...

Quand a surgi cette Fleur d'Or sur notre île, tout un chacun s'exclama ! Mais moi, je l'avais vue poindre, bourgeonner et s'ouvrir à Boinatel le Dieu Soleil ! Les pieds de La Fleur d'Or étaient plus beaux que ces scarabées rouges et or du Plateau Central, ils étaient cambrés, polis, intelligents et ses orteils étaient de véritables bijoux vivants, vifs et prompts. Je m'enroulais sur ses pieds et ils vivaient en moi comme des oiseaux tièdes et respirants. Je cou-

1. Prêtres chemès.

lais ma langue de ses chevilles à ses genoux, le long de ses jambes couleur de nacarat, ses jambes tendres, impatientes et douces comme de belles cannes créoles. Je léchais à petits coups l'aubergine de ses cuisses, le grain de sa peau à l'endroit où elles s'affleuraient avait un goût que n'ont plus nos jasmins. Je prenais son sexe emplumé dans ma bouche de vent, alors sa pulsation capricante se communiquait à ma chair vaporeuse et je devenais ce que nul vent ne pourra plus être, une palpitation fraîche et parfumée qui couvrait, englobait et frisait la Caraïbe toute entière ! Les fleurs que j'emporte dans mes dents certains soirs n'ont point de liqueur comparable à celle de La Fleur d'Or. Sa croupe était un nard, deux œufs du délice suspendus dans l'espace, double-croche musicienne, petits soleils gémellaires aux lentes librations ! Je contournais la pluie de ses hanches pour me pelotonner au creux de ses reins, coquille mélodieuse, volute d'aromates, lambi rose. Son ventre dessiné et redessiné par sa respiration se mouvait comme la gélatineuse, la vitreuse, l'éternelle méduse de la vie, son torse était l'élan, la forme, la force, la grâce et la carnation de l'amour lui-même. Ses seins d'un jet modulés, circonscrivaient la poire, l'olivette, le muscat, la joyeuse et philosophale orbe des saisons. Quand elle élevait ses mains jointes, l'ogive lancéolée de ses bras montait au ciel telle une prière matinale.

L'immense ovale, la vulve noire de ses yeux s'ouvrait tels les songes inachevés. La parabole, la débandade, l'ordre nocturne de ses cheveux tombait d'un coup comme le rire ténébreux des tropiques ! Quand Anacaona dansait, elle recréait l'arcane mystérieuse de la joie, toutes les cadences du sourire, les spirales et les arabesques de la gelée vivante au long des printemps. Quand la Reine chantait le grand areyto des Papillons Noirs ou l'oiseau lumineux du plaisir, quand La Fleur d'Or poétisait et disait le grand récitatif du bonheur, la Caraïbe entière se sculptait de silence, le jour arrêtait sa marche et la nuit venait écouter, songeuse et immobile...

Oui, neveu ! La Fleur d'Or hésita longtemps, mais elle me préféra le grand Caonabo. Venait en effet le temps des rages et des barbaries, la Reine se devait à son peuple. Son choix fut judicieux, car moi Vieux Vent Caraïbe, si j'étais comme elle un grand Samba et Matuhen [1] de sang royal, elle était aussi toute la Caraïbe, était esprit, sagesse, sel, foudre, feu, flèche, guerre, terre, ciel, reine, enfin. Tous savent ce que fit Anacaona la Grande avec son terrible Epoux Royal, Caonabo, Cacique de la Maison d'Or à sa droite et moi, son ami, le Vieux Vent Caraïbe à sa gauche... Mais pour-

1. *Matuhen* : Le plus grand titre de noblesse après le Cacique, Altesse royale.

quoi ce temps amer où la Grande Fleur d'Or, ses danses, ses chants et ses poèmes volaient au-devant de la nation Chemès en armes ? C'est toute une petite histoire que je veux te conter neveu, une histoire que ne dit aucun livre, une véridique et belle histoire pourtant. Je veux te dire le secret du « Jour du Sang »[1].

Or donc, après que le grand Caonabo fut pris, après qu'à la Vega Real furent tombés cent mille guerriers de Ahity la Belle, après qu'Anacaona eut lancé à travers les îles son dernier mot d'ordre, son poème *Aya bombé*, « Plutôt la mort !... », une grande idée royale germait dans le cœur de La Fleur d'Or. Elle pensa que si Christobal Colon, Bobadilla et Ovando avaient triomphé jusque-là, c'était que les conquistadores disposaient d'armes fulgurantes que n'avaient pas les peuples taïnos, il fallait donc faire déferler sur eux un tel déluge de flèches, de lances et de zagaies que leurs arquebuses et leurs canons sculptés ne puissent répondre de tous côtés à la fois. Elle conçut à cet effet un plan secret d'une ampleur géniale. A la vérité, tous les empires des Amériques étant menacés par les envahisseurs, il fallait alerter tous les souverains aztèques, mayas et incas pour qu'ils agissent de concert avec les chemès, les taïnos et les caraïbes. Toutes les forces ras-

1. Jour où fut massacrée toute la noblesse indienne d'Haïti.

semblées fondraient au jour dit comme un immense hurricane, dans un bruit de tonnerre sur les envahisseurs aux armures d'argent. Ils seraient d'un coup écrasés comme si le ciel lui-même leur tombait sur la tête. La Fleur d'Or décida en conséquence de proposer la paix. Aussitôt après, moi, Vieux Vent Caraïbe, je partirais en grand secret à Tenochtitlan, en Tierra de Anahuac, voir le grand roi Moctezuma et aussi Guautemoc, le grand chef aztèque qu'on appelle aujourd'hui Guatimozin. J'irais aussi dans le Yucatan prévenir l'empereur Maya, enfin, à Cuzco, conférer avec le Fils du Soleil, le roi Atahualpa et avec les autres rois Incas des grands empires Quéchuas du sud...

Je revois encore les derniers beaux jours de La Fleur d'Or dans sa capitale Yaguana la Belle, au cœur du Xaragua. Le corps teint d'une éclatante couleur garance, grâce aux baies du roucou, poudrée de poussière d'or des pieds à la tête, la reine ne portait pas un seul bijou; nue pour se faire pénétrer par Boinatel le Dieu-Soleil, inspirateur des grandes pensées, et le soir sous Loaboina La Lune, égérie de la sensibilité, sans avoir pris aucun aliment de toute la journée, Anacaona réfléchissait encore, toute découverte dans le hamac royal tendu au ras du sol. La nuit était bleue sur la grande place devant le palais de la reine, les grands zémès de pierre avaient été tous transportés là et dressaient de place en place autour de La Fleur d'Or leurs masses polychromes, ils écarquillaient leurs yeux fauves de bêtes divines, ils arrondissaient leurs narines ravies d'enfants farouches et ouvraient des gueules aux harmonieuses grimaces célestes. Vêtues de panpanya [1], les suivantes de la souveraine se tenaient à distance, leurs palmes à la main et moi, Vieux Vent Caraïbe, je me tenais accroupi auprès de La Fleur d'Or me balançant, mon calumet de feuilles de cohyba [2] aux narines. A gauche, derrière la dohue des ajoupas, ondulait un champ de maïs d'émeraude, à droite, la rivière coulait comme une grosse larme, plus au fond apparaissait le plateau de terre ocre et dénudée, enfin s'étageait dans le lointain l'outremer de nos montagnes cérulées.

A un moment, dans les yeux grands ouverts de la reine, je vis apparaître l'ombre du grand Bohéchio, puis je distinguai et suivis les immortels combats du brave Cotubanama, le géant. Le vieux Guarionez surgit aussi, violent et tragique, et à la suite de tous les grands Caciques de Quisqueya qui passèrent, apparut Caonabo. La Fleur d'Or dormait. Les suivantes de la reine se rapprochèrent, l'une d'entre elles modula alors des deux bras un exorcisme symbolique

1. *Panpanya* : Cache-sexe de feuille d'oranger.
2. *Cohyba* : Tabac, le tabaco était plutôt le calumet nasal qui servait à fumer.

sur le front de La Fleur d'Or tandis que les autres faisaient onduler sur la souveraine leurs bras comme des vagues, en un ordre entrechoqué. Une musique acide et syncopée s'éleva. Une des jeunes filles avança, s'allongea sur le dos, appuyée sur ses coudes, saisit du bout des orteils le bord de la couche qu'elle se mit à bercer lentement, l'autre jambe repliée. Une autre s'agenouilla, face contre terre, les bras allongés en avant, les cheveux projetés en direction de la grande statue de zémès en pierre blanche, et resta là, immobile, la nuque découverte. Anacaona poussa une longue plainte dans son sommeil, et toujours endormie dans le hamac, elle commença la Danse des Sommeils Agités, les sommeils désormais agités de toute la nation chemès.

La Fleur d'Or semblait flotter au-dessus de la terre sous les bras remués de ses suivantes, couchée, mais elle dansait. Sa jambe droite s'éleva lentement comme un long flamant rouge tout tendu dans l'envol, sa cuisse se mit à vibrer, communiquant jusqu'au pied brandi, tendu, pointé sur l'Orient un frémissement qui disait l'épouvante. Le membre resta ainsi suspendu dans l'espace. La jambe gauche traînait à terre, abandonnée et se roulait doucement, en proie à l'amour et exprimant le ravissement inapaisable des étreintes haïtiennes. Le beau sexe emplumé de la reine respirait doucement, ouvert, chaste comme les gaies corolles des orchidées sauvages de la Forêt des Pins : calme tendresse des fluences caraïbes, douceur, plaisir de vivre, émoi d'une nature toujours radieuse et ravie. Son ventre était remué comme nos plaines à l'époque du travail, labouré et creusé de sillons et de monticules, il dansait, mirage des labeurs quotidiens avant l'invasion des hidalgos barbares. La musique se fit contractée, rugissante, cadencée et aboyeuse comme les chiens dévorants que déversaient alors les caravelles espagnole sur les plages du doux peuple du Xaragua. Les seins de La Fleur d'Or bondissaient vers le ciel, terrorisés, ainsi que les jeunes filles indiennes à la vue des chevaux des conquistadores, mais le beau cou sculptural de la reine tournait, tournait inlassablement, tournait la poterie éternelle de la vie recommencée. Le visage long et bridé était désespoir et détresse, quant aux bras, ils battaient rythmiquement l'air, furieux, ils étaient haine, guerre, bataille !...

La Fleur d'Or se calma. La Danse des Sommeils agités était terminée. Vint le Rêve des Joies Anciennes. Il s'approchait dans le lointain comme un halo de soleil dans la nuit bleue, juste au-dessus du plateau ocre et dénudé au-dessus de la rivière. Dans une poussière lumineuse sautaient des nuées d'enfants, s'élevaient et retombaient des échos de cris d'allégresse, la rumeur de la mer, la chanson des pirogues sur les fleuves, le balancement des abricots et des bananes au-dessus des hommes endormis. Le Rêve s'approchait, il traversa la rivière, auréole de lumière, apparut sur la place comme un petit enfant diaphane et enfin pénétra dans le corps de La Fleur d'Or. La Reine se leva aussitôt de sa couche, elle dormait encore cependant, mais elle dansa, elle dansa toutes nos Joies Anciennes. Oui, neveu, le pas de la reine était pur et simple comme celui de la lumière. Quand elle lançait ses talons comme le font encore aujourd'hui nos petits rois des bandes de carnaval, il semblait que le jour se levait sur la nature endormie, son corps était une énorme goutte de rosée, ses bras étaient des branches et ses doigts des ramilles. Un tambour palpitait comme un cœur à travers toute la nature. La Fleur d'Or papillotait selon l'antique chorégraphie qui s'est quelque peu conservée, évoquant les baignades sur les plages, tournant sur elle-même, recréant les ouvrages du potier, les mouvements du sarcleur, les roulades des pépites d'or dans la main du récolteur, tous les sobres et doux travaux des hommes heureux. Elle rappela tout, les piroguiers, les chasseurs, les pêcheurs, les sculpteurs, les bûcherons, les orfèvres et les bâtisseurs... Nous revîmes les promenades, le jeu du « batos [1] », les fumeries du tabaco, les parades, le sacre de nos Caciques, les accordailles, l'accouchement

1. Sorte de jeu de football des chemès.

des femmes, la croissance des plantes et des enfants, l'humeur des saisons, les jeux candides des adolescents enamourés sur les plages, la force et l'épanouissement des corps, la vieillesse courbant et pliant peu à peu les hommes, les incantations savantes des « butios[1] », le gai rituel de la mort, l'allégresse des veuves des « nitainos[2] » accompagnant leurs époux dans la tombe... Oui, neveu, Anacaona dansa toutes les Joies Anciennes de Quisqueya la Belle et même, à un moment, la nuit sembla jaillir de l'immense, de l'irréelle nuitée de ses cheveux bleus. Une folle giration anima soudain La Fleur d'Or. Elle était devenue Boinatel, le Dieu-Soleil lui-même !... Son corps arqué et frémissant nous fit revoir toutes les chatoyantes couleurs des couchers du soleil caraïbe. Elle descendait spasmodiquement avec d'ultimes scintillements et s'allongea dans le hamac royal. Le sommeil paisible la reprit.

On vit la reine bondir soudain et retomber sur sa couche à l'approche du Cauchemar des Cavaliers Dorés. Ils venaient à droite, traversant la rivière comme une nuée de bêtes monstrueuses, avec leurs armures d'or, leurs montures noires et brillantes, leurs plumets, leurs arquebuses et leurs rapières. Mais un « butio » se dressa et les conjura. Ils disparurent dans

1. Prêtres.
2. Chefs importants chemès.

l'eau d'argent, puis reparurent galopant sur le plateau ocreux. La reine se calma dans sa couche. Une immense armée de taïnos vêtus de braies fit face aux envahisseurs et la Bataille de la Vega Real commença. Sous la conduite de leurs capitaines, les guerriers rouges s'élançaient vers les cavaliers, lançant des nuées de flèches avec leurs arcs, des grêles de pierres avec leurs frondes et brandissant leurs bâtons. Le cri de guerre de la Caraïbe retentit comme une chanson d'amour dans la savane ! Dans son hamac La Fleur d'Or mimait les sauvages élans du courage et du désespoir dans le cœur des hommes. Les morceaux de soleil que lançaient les hidalgos faisaient de larges brèches dans l'armée indigène dont les vagues refluaient l'une sur l'autre pour se ressouder comme un animal divin et charger sans cesse les conquistadores. Mais bientôt il n'y eut plus qu'un monceau de cadavres, de corps blessés, d'hommes renversés mais ruants, un amas épique et opiniâtre qui s'avançait toujours sur l'ennemi. Le son du lambi résonna alors sept fois. Son Altesse notre grand Matuhen Guan'onex s'était enfin résolu à donner l'ordre de la retraite... Dieu ! que le sommeil de La Fleur d'Or était dolent, neveu !... Dans ses yeux apparut soudain le terrible Caonabo accueillant les conquistadores qui venaient demander la paix. On vit le Cacique de la Maison d'Or accepter les soi-disant bracelets royaux que les Espagnols prétendaient lui offrir en hommage. On lui passa les menottes, les bras derrière le dos. Il était emporté prisonnier sur le dos d'un cheval !... Dans le lointain, on le distinguait encore, se débattant avec furie, gonflant ses bras gigantesques pour tenter de briser les bracelets de fer...

Anacaona se réveilla. Ses suivantes reculèrent. Elle se dressa, nue, toute vermeille et poudrée d'or, véritable astre du matin... Ah, neveu ! que La Fleur d'Or était grande et belle ce jour-là ! Si reines et rois vivaient la vie de leur peuple comme le faisait La Fleur d'Or, les hommes n'auraient pas connu toutes les souffrances qu'ils endurent encore aujourd'hui !... Anacaona se dressa donc de son hamac et on eut l'impression que l'île Ahyti elle-même se mettait debout. D'un signe elle demanda son grand vair de plumes de paradisier, sa clochette et son sifflet d'or, tous ses bijoux merveilleux. Un grand moment de la Caraïbe allait avoir lieu. Le peuple se rassembla, Nitainos [1], Bohitos [2] et Naborias [3]. La reine avait mûrement réfléchi, elle avait jeûné, dormi, la mémoire, les cauchemars, les rêves et la voyance lui étaient venus. La grande Samba allait poétiser et donner ses ordres à la nation

1. Chefs.
2. Hommes libres.
3. Hommes soumis au tribut.

chemès par ses grands « areytos » patriotiques qui retentiraient telle une sonore harmonie combattante sur toute l'île monstrueuse. Les visages étaient attentifs et les oreilles médusées. La Fleur d'Or scanda d'abord le poème des Esclaves Mineurs qui travaillaient au fond des canyons aurifères, elle déclama le désespoir des familles dans les « repartimientos », le fouet des commandeurs cinglant au-dessus du rire des cours d'eau, les épidémies apportées par les hidalgos, la vérole et la petite vérole faisant des ravages parmi les prisonniers entassés dans les cases, les suicides collectifs après de longues nuits de prières, enfin l'interminable aboi des prêtres espagnols appelant les indiens à se convertir au Dieu des esclavagistes, les croix, les cagoules et l'encens des prières planant au-dessus de l'extermination systématique d'un peuple entier. La grande Samba chanta le poème des Enfants Egorgés, le sang teignant le fil des torrents, la joie des caïmans et des requins, le vol lubrique des « malfinis » et des condors sur les charniers. Anacaona dit l'exode nécessaire de ceux qui n'étaient pas en état de combattre. Elle récita le poème des Adolescents et des Nubiles qui recommenceraient la vie et la grande geste du peuple chemès, réfugiés au sommet des plus hautes montagnes. Le peuple écoutait, silencieux, approuvant de la tête, les yeux baissés. La reine termina en psalmodiant un poème de

Guerre qui appelait à la paix !... La Fleur d'Or ordonnait à tous les princes de sang royal, Leurs Grâces les Guaoxeris, Leurs Seigneuries les Baharis, Leurs Altesses les Matuheris, et tous les Caciques de l'Ile, de venir la rejoindre dans trois jours à Yaguana sa capitale. Elle dit qu'elle avait décidé d'accepter les offres de paix des conquistadores qui hier encore s'étaient emparés du Cacique de la Maison d'Or en venant proposer la concorde... La surprise ne connaissait plus de bornes dans le peuple rassemblé. Mais La Fleur d'Or parlait d'une voix royale, elle était le plus grand trésor de la vieille sagesse de la nation chemès, Anacaona n'ordonnait que ce qui correspondait aux exigences nationales, les seules choses possibles... Sa grande voix musicienne s'enflait, s'élargissait sans cesse, chantant des vers riches et sonores où passaient tous les parfums de la terre natale. Dès que La Fleur d'Or aurait fini de poétiser, les sambas partiraient au pas de course dans tous les sentiers de l'île pour porter à la nation les poèmes dans lesquels la grande souveraine envoyait ses messages et ses ordres.

Comment donc La Fleur d'Or comptait-elle amener les conquistadores à accepter une paix sincère ? Telle était la question que chacun se posait. La reine s'était dépouillée de son grand manteau de plumes, elle avait jeté à terre tous les bijoux qu'elle portait, son sifflet et sa clochette d'or de Samba. Anacaona faisait le tour des grandes statues des zémès, en silence. Elle posait son front successivement sur chacune des bouches grimaçantes, puis elle rentra dans l'ajoupa royal. Elle en sortit peu après, à la dérobée, vêtue d'une courte nayue [1], l'arc au poing, sa fronde à la hanche. Nous partîmes elle et moi dans les rayons roses du matin. Ce que fit la reine au cours de son voyage, moi Vieux Vent Caraïbe, j'en ai été stupéfait. Nous étions rapidement arrivés au bord de la mer. Elle s'arrêta. Elle se mit à chanter soudain d'une voix si mélodieuse que tous les poissons, toutes les fleurs vivantes de la mer sortirent de l'onde. S'avançaient vers nous d'immenses raies bouclées aux longues queues, des béquines bleues, des tazars gris, des pantoufouillées, des poissons-docteur, des hirondelles de mer, des méduses, des requins, des anémones, des buissons de coraux, tant et tant de poissons et d'animaux de la mer océane que je n'avais jamais cru qu'il existât un tel peuple dans les jardins sous-marins... La Fleur d'Or parlait au peuple de la mer en une langue aux sonorités étranges. Les poissons et les plantes animales se mirent tous à danser puis refluèrent de nouveau vers la mer. Anacaona les suivit. Je la vis disparaître dans les flots !... J'attendis une journée entière, me désespérant, croyant que La Fleur d'Or avait péri dans la mer dans sa

1. Courte culotte.

folle idée de s'initier à tous les merveilleux secrets des mystérieuses danses du peuple des profondeurs. A la nuit tombée, miracle ! Je vis la reine sortir de l'onde, souriante et radieuse. Neveu ! la démarche de La Fleur d'Or avait toujours été une chose extraordinaire, je t'en ai parlé, je crois, mais ce que je vis quand elle émergea de l'eau était simplement impensable. Son allure défiait toute parole, c'était tellement beau que j'en demeurai abasourdi ! Ainsi La Fleur d'Or s'était assimilé en une journée tout l'art natatoire, tout le frémissement preste et languide, cette divine merveille fusante, jaillissante, gélatineuse et vénusienne des abysses caraïbes ! Mais la reine me faisait un signe impérieux. Je rassemblai toutes mes énergies pour m'arracher à ma contemplation et marcher à sa suite.

Nous marchâmes toute la nuit et au petit jour nous atteignîmes les rives du lac Azuéï. Là encore Anacaona se mit à chanter d'une voix paradisiaque et je crois que l'air lui-même s'était immobilisé de ravissement. Je vis alors s'élancer tous les caïmans du lac, ils se précipitèrent aux pieds de la reine. S'avancèrent également des fourrés d'immenses troupes d'iguanes, de caméléons, de lézards verts, des serpents gigantesques, des petites couleuvres, des soudes d'argent, des anolis, des mabouyas, tant et tant de rampants que jamais on ne pourra imaginer rassemblement plus extraordinaire. La Fleur d'Or leur parla à eux aussi en un langage mystérieux. Ils se mirent alors à danser et s'enfoncèrent dans les grands bois ! La reine les suivit. J'attendis une autre journée me désolant, et le soir celle que je croyais dévorée apparut. Ciel ! La veille mon cœur avait failli s'arrêter, mais cette fois neveu, la reine n'était plus une simple femme. La Fleur d'Or avait une telle souplesse en s'avançant que les lignes de son corps mouvant dessinaient un entrelacs de filigranes et d'arabesques fugitives qui éblouissaient les yeux. Ainsi, après avoir fait sien l'art des poissons danseurs, la reine avait capté la légendaire souplesse des reptiles. Non, elle n'avait plus d'os !... Et nous repartîmes, marchant toute la nuit. Le matin nous parvenions à la plus haute cime de la Chaîne de La Selle. La reine chanta encore et tous les oiseaux que le ciel peut contenir accoururent. Elle leur parla, ils se mirent à faire des rondes et des courbes folles dans le ciel, puis ils emportèrent La Fleur d'Or droit dans les nuages. A la nuit tombée, je me demandais encore si elle ne s'était pas abattue sur le sol quand je vis venir une immense escadrille d'oiseaux. La Fleur d'Or volait à leur tête, au milieu d'une troupe de flamants royaux ! Oui, neveu ! Anacaona avait appris à voler comme les oiseaux ! Ce à quoi j'assistai me remplit d'amour, d'un amour si débordant que je crus en mourir. Chacun des mouvements de ses bras avait une telle splendeur, une telle grâce dans l'envol, ses hanches ondulaient avec une telle souplesse, ses jambes ramaient l'air avec une telle perfection que c'était presque cruel, presque inhumain d'atteindre à une telle beauté ! Je savais maintenant que nul rejeton de la race des hommes ne pouvait résister à Anacaona et au peuple chemès.

Pourtant, neveu, comme tu le sais, je devais apprendre qu'il existe des êtres qui ont l'apparence humaine mais qui ne sont pas de l'espèce humaine. Si un humain peut assister à un tel spectacle sans être ému, déchiré, par de tels sommets de la beauté, il faut refuser à la race des conquérants et des écraseurs d'hommes le nom d'êtres humains, même le Mapoya [1] n'a pas pu les créer ! Pendant des jours, à la tête de milliers de ballerines, de Tequinas et de sambas, Anacaona offrit aux conquistadores qu'elle recevait, à la noblesse indienne et à l'immense peuple rassemblé de tels spectacles que jamais notre terre ne peut en perdre la mémoire. Tous ceux qui verront le jour et grandiront en Quisqueya la Belle, de ce fait sauront danser, de naissance, et pour l'éternité ! Ce qui eut lieu à Yaguana pendant huit jours pour honorer la visite des Espagnols qui venaient pour signer la paix ne peut s'appeler ballets. Ce n'était plus de la danse, c'était

1. *Mapoya* : le Diable des chemès.

le trésor même de la vie, le seul bien que possédera jamais l'homme, son cœur. Comme tu le sais, le dernier jour fut le Jour du Sang. Les hidalgos étaient moins que les bêtes féroces de la mer, de la terre et du ciel puisqu'ils regardèrent et accomplirent malgré tout le crime. Le Conquistador ne savait pas que la beauté existait, il ne connaissait que l'or, le Conquistador n'était pas un être humain, peut-être n'était-il même pas tout à fait un animal. Le Conquistador mit la main à sa Croix d'Alcantara et son hôtesse, la reine, fut saisie. Toute la noblesse de la nation chemès fut égorgée, la ville rasée et le peuple entier emmené captif. Comme tu le sais, on raconte que la Reine fut pendue, mais moi je peux dire qu'elle fut brûlée vive. Alors que les flammes montaient autour d'elle, La Fleur d'Or dansa sur le bûcher et chanta le plus beau poème de la Caraïbe. Elle mourut comme meurt un grand Samba, comme nous devons tous apprendre à mourir. Ce fut sa transfiguration et ce ballet final jamais je n'en dirai mot.

Oui, neveu ! La Fleur d'Or a malgré tout eu raison, elle a triomphé. De toute façon il était impossible de vaincre les Espagnols. Ils seraient revenus encore après la défaite. La Fleur d'Or a triomphé parce que de toute façon le peuple chemès devait périr en tant que peuple, ce qui eut lieu pendant les jours qui ont précédé le Jour du Sang, La Fleur d'Or le donna à notre terre pour l'éternité et il ne fut jamais perdu. Notre Cacique Henri l'a transmis aux nègres et aux indiens qui combattirent sous ses ordres dans le Xaragua et le Bahoruco. Padrejean le recueillit, ses nègres révoltés, ses indiens marrons et ses zambos le transmirent au peuple de 1804. Nous sommes tous fils de La Fleur d'Or... Quand à la fin de la grande guerre de l'indépendance j'assistai à la bataille de Vertières, — car j'y étais —, je peux dire que ce fut la réalisation des grands ballets qui précédèrent le Jour du Sang. Devant la redoute de Vertières, j'ai vu de mes yeux La Fleur d'Or voler et danser au-devant des bataillons fanatisés de l'Empereur Dessalines.

Tu vois, fiston, que je ne peux plus être amoureux ! Il y a eu bien des femmes de lumière dans notre île, mais qui me rendra jamais ma non-pareille La Fleur d'Or ?... Et le Vieux Vent Caraïbe passe pour un fou et un hâbleur !

« ... *Tonton, dis-je au Vieux Vent Caraïbe, bien sûr, nous n'oublions pas nos ancêtres, Cotubanama, Caonabo, La Fleur d'Or, Hatuey et notre grand Cacique Henri... Le peuple chemès a péri, mais il n'a pas tout à fait disparu, un grand peuple ne meurt jamais... Il nous a, c'est sûr, laissé un esprit qui a animé toutes nos luttes et fait de nous ce que nous sommes... D'ailleurs le sang a cheminé, vous le savez... Comme moi, çà et là dans le pays vous avez dû bien souvent rencontrer une* « onéga », *comme on appelle aujourd'hui les Haïtiennes de sang indien, qui ressemblent quelque peu à La Fleur d'Or... D'ailleurs même ceux qui n'auraient plus qu'une goutte de sang chemès dans les veines n'ont pas perdu la mémoire des grands ancêtres. Le carnaval et la fête des Raras sont là pour le démontrer... Et puis, mieux que personne vous devez savoir recon-*

naître dans maintes chansons et danses d'aujourd'hui la marque de La Fleur d'Or...

Vous le savez aussi, on raconte qu'au haut de nos grandes montagnes auraient survécu des groupes de chemès au sang presque pur, les Vien-Viens, comme on les appelle... Dans quelle mesure on n'exagère pas, il est difficile de le savoir, mais en tout cas je connais une troublante histoire à ce propos; si elle était vraie, comme je le pense, il faudrait croire aux Vien-Viens. Voulez-vous écouter l'histoire du

SOUS-LIEUTENANT ENCHANTÉ ?...

LE SOUS-LIEUTENANT ENCHANTÉ

Je n'ai pas pu connaître le sous-lieutenant Wheelbarrow..., non, cependant je ne jurerais pas ne pas l'avoir rencontré. Il me semble voir ses yeux un peu glauques, changeants, amers, filigranés de sang, son nez bossu, recourbé, inquiet, braqué vers des lèvres trop minces et son menton en galoche. Quant à sa chevelure, je me la figure telle une brosse roussâtre, hirsute, bouclée, planant ainsi qu'une auréole au-dessus d'un corps dégingandé. Peut-être est-ce tout bonnement là l'image d'un autre militaire yankee, croisé quelque matin de mon enfance vagabonde, en tout cas je vois le lieutenant Wheelbarrow. Mystérieuses arcanes de l'enfance ! Imaginaires ! Alluvions et illusions ! Mémoire, incroyable plasticien qui donne relief, formes, couleurs, vie à tout le petit monde virtuel au milieu duquel nous nous ébattions, nous étirions et jouions naguère !

N'allez cependant pas en déduire que le sous-lieutenant Wheelbarrow n'a pas existé. Tout le monde sait comment j'étais lié au maréchal Célomme, — paix à ses os ! — et comment il m'aimait. Ce vieux bonhomme un peu bêlant et paternel, papaloa [1] pieux et sévère, était en effet un grand ami des plantes, des bêtes et des petits enfants. C'est lui qui me confia, il y a déjà belle lurette, les quelques feuillets jaunis sur lesquels le sous-lieutenant a raconté son étrange et brève histoire. Maréchal Célomme m'a même montré la petite tombe couronnée de basilics où repose le sous-lieutenant enchanté, à quelques pas de la célèbre grotte La Voûte, dans les Hauts-de-Saint-Marc. Un petit sépulcre de briques, de cendres et de conques de lambi qui blanchit au bord du petit sentier verdoyant. Considéré isolément, le manuscrit n'est qu'une troublante notation de rêve intérieur et sans le récit que je tiens du maréchal Célomme, — maréchal de police rurale —, je n'aurais pas pu reconstituer l'âpre poésie, l'étrange amour qui fit flamber, telle une allumette de Bengale, une vie brève mais enchantée dans les montagnes violettes et violentes des Bassins-Coquilleaux.

Les choses se situent vers les années 1913-1914, alors que Earl Wheelbarrow était sous-

---

1. Prêtre de la religion vaudoue.

officier de cavalerie de l'Armée des Etats-Unis. Originaire du Kentucky, orphelin, pauvre et indécis sur l'usage qu'on pouvait faire d'une vie humaine, Earl avait végété jusque-là, telle une moisissure, sans sonder plus avant son cœur. Ses études terminées à la high-school où son oncle, major de la Marine Corps, l'avait placé à la mort de ses parents, le jeune homme fut bien embarrassé. Il ne voulait pas entrer dans la seule grande entreprise de la ville, Chattanooga, petite ville sudiste typique, où il avait toujours vécu. En effet, c'était une usine métallurgique où son père avait péri en tombant dans un laminoir. Earl n'était pas très fort en addition et par conséquent n'avait aucune chance dans le petit commerce ou la représentation. L'état de bookmaker ne l'enchantait pas. Le métier de « terreur » du Tennessee ne lui souriait pas, parce que trop mouvementé, d'ailleurs il lui eût fallu monter son propre gang, racketters et killers manquant à Chattanooga. Un moment, il eut l'idée de se faire « preacher » et de fonder une nouvelle religion, mais la bible l'ennuyait. Partir alors ?... Oui, mais... Sans amis véritables, n'ayant comme joies que les ice-cream-soda, quelques « parties » où le conviaient parfois de vagues camarades, les Thanksgiving-Days, quelques lamentables spectacles de lynchage de nègres qui avaient eu le regard violateur, et autres gesticulations lubriques qui agitaient son Chattanooga natal, un choix délibéré n'était pas chose aisée pour ce jeune homme long comme trois jours sans pain. Il opéra un bout de temps comme agent électoral d'un candidat gouverneur Dixiecrat, il tenta du base-ball, entra à l'Armée du Salut, collabora au journal local, se fit pompiste d'essence, rien ne marcha. A la fin du compte, son oncle, qu'il ne connaissait que par ses lettres, lui ayant répété que l'*Army* était bonne fille et vous débarrassait du souci de penser, il se laissa embrigader. Peu après, sans qu'il sût trop comment, il était promu sous-lieutenant.

Dans la vie de Earl Wheelbarrow, il y avait bien Rosasharn, Dorothy et Eléanor, mais il n'avait jamais pu se résoudre à choisir entre elles, ni ne s'était abandonné à aimer l'une de ces Trois Grâces, indissociables dans son cœur, essentielles l'une autant que l'autre à la tranquillité de ses habitudes. Entre Rosasharn et lui, — elle était la sœur d'un camarade de classe —, il existait bien la graine des amours enfantines, mais elle n'avait jamais poussé et fleuri, même pas germé, à peine avait-elle donné une sporange, une hésitante camaraderie amoureuse. En grandissant, Rosasharn était devenue une fille sophistiquée à souhait. Dans les rapports extérieurs, dans la rue, Earl aimait bien ça, pourvu que dans l'intimité Rosasharn retrouvât son âme d'autrefois. Cependant pour rien au monde Earl n'eût voulu d'une véritable liaison avec cette fille. Elle n'aurait pu toute seule lui remplir l'âme, or il était, sans le savoir clairement lui-même, puritain, monogame autant que concupiscent.

De Dorothy il avait fait sa « sweetheart ». Il aimait la caresser comme on bouchonne une belle petite bête, mordre sa bouche cerise dans quelque salle de cinéma, plaquer ce corps de chatte contre lui en dansant, écouter son babil insipide ou la regarder se régaler de douceurs, mais c'était tout. Cette Dorothy, fille d'un petit businessman, était délicieusement bête, merveilleusement belle, bien faite, avantagée quant à la poitrine, plate de fesses, longiligne, pauvre en hanches, bref, illustration typique du parfait canon de la Vénus yankee. Earl n'imaginait pas que leurs relations pussent devenir autres qu'elles n'étaient. Eléanor enfin était une fille décevante, insaisissable, qui à la fois recherchait et fuyait le pâle officier. A certains moments, elle l'entreprenait avec des formules passionnées de roman noir et d'autres fois, sans crier gare, elle l'envoyait dinguer, le plaquant sans lui demander son reste, pour le premier venu. Elle lui revenait toujours cependant, sans aucune gêne, comme une maladie chronique. Cette femme-enfant ne pouvait supporter l'idée d'avoir un fil à la patte et, dès qu'elle l'imaginait, elle se donnait la démonstration du contraire. Et puis, elle aimait goûter à tout, car les plaisirs de l'amour lui laissaient une étrange saveur de mort. C'était délicieux. La vie est brève...

A la mort de son oncle qui périt d'un coup de sang, à Port-au-Prince, où il était quelque chose dans les bureaux de l'attaché militaire près la Légation de l'Oncle Sam, Earl Wheelbarrow reçut, comme prévu, un maigre héritage, mais aussi une missive dans laquelle le major disait être sur la piste d'un trésor mirifique. Il se préparait à l'expédition quand il fut frappé de mort. Néanmoins, il avait tout prévu et inclus dans le pli destiné à son neveu, en cas de décès, les documents qui indiquaient approximativement l'emplacement probable du trésor. Il devait se trouver quelque part dans la région des Bassins-Coquilleaux, dans les Hauts-de-Saint-Marc. Une énergie inaccoutumée s'empara du sous-lieutenant. N'ayant que sa solde, il s'ingénia à trouver des fonds pour compléter la petite somme que lui laissait son oncle. Il fallait en effet prévoir des recherches systématiques qui pouvaient durer plus ou moins longtemps. En désespoir de cause, alors qu'il était prêt à abandonner, Dorothy s'offrit pour s'entremettre entre Earl et son père aux fins de négocier un emprunt. Le singe doutait du sérieux de l'affaire, mais il était parieur. Il grogna, tempêta, réfléchit, mais comme il ne refusait rien à sa fille, il finit par accepter. D'ailleurs la somme n'était pas terrible, Earl était honnête et rembourserait avec sa solde de toute façon. Et puis, on ne sait jamais, si Earl revenait multimillionnaire ?

*
**

Le *Muslin,* petit cargo-mixte de trois mille tonnes, dansait dans le port de Saint-Marc. Dans le fumoir, le sous-lieutenant Wheelbarrow contemplait à travers les hublots du navire la mer crépelée d'écume et les montagnes altières qui dressent autour de la petite ville une couronne bucolique. Earl attendait, en compagnie de deux ou trois autres voyageurs, les autorités qui étaient attendues pour les formalités, bien peu de chose à l'époque. Earl regardait les mâchoires titanesques, voraces, de cette baie dentée de petites plages de sable doré et l'immense langue bleue, la mer, léchant avec gourmandise le rivage. Earl laissait traîner ses regards çà et là, à la fois curieux, distrait et songeur.

Il s'était embarqué plein d'appréhensions, se demandant s'il était possible qu'il s'habituât à cette chose impensable : un pays où des nègres faisaient la loi ! Earl n'avait aucune malice dans son cœur, mais tout naturellement son moi de jeune sudiste élevé dans le racisme et pénétré des concepts de l'« apartheid » se cabrait à cette idée. Jusque-là Earl n'avait même pas eu, comme d'autres, l'occasion d'un véritable contact avec les nègres de Chattanooga ou des plantations avoisinantes. Candide dans ses postulats, ingénu dans son implacable cruauté mentale, Earl Wheelbarrow demeurait malgré tout indulgent avec ces bâtards de la race des hommes... Etranges « be happy, go lucky ! » dont il avait la certitude de connaître l'âme pour en avoir croisé quelques-uns dans la rue, ou pour avoir regardé les yeux blancs et les lèvres révulsées sur des muqueuses rouges de « niggers » qu'on lapidait ou qu'on faisait gigoter au bout d'une corde !... Enfant légitime de Jim Crow, contradictoire, idéaliste, généreux et en même temps capable des pires frénésies du crime, que de réflexes, que de sensations vives internes, Earl Wheelbarrow n'allait-il pas avoir à refréner, à rembarrer, à cacher, à enfouir au fond de son être pendant les quelques saisons qu'il comptait passer dans ce pays ! On disait ces nègres d'Haïti inconscients de leur infériorité congénitale, orgueilleux même de leur race et de leur passé légendaire, sensibles à la moindre allusion, cabrés à la plus légère piqûre, violents et tellement familiers !...

Des petits voiliers, blancs oiseaux triangulaires, courent sur les vagues. A l'embouchure de la rivière, des lavandières et des baigneuses à moitié nues dans les pagnes drapés au bas de leur nombril. Elles chantent et s'ébattent. Des négrillons piaillent et se tirent de grands coups de pieds dans l'eau. Le ciel est frisotté de petits nuages cotonneux. Des dockers de bronze s'échinent sur le quai, éclaboussés de soleil, de rires et de sueurs, ils s'époumonent en chœur et leur démarche est ébrieuse, courbée, valsante sous les sacs de café et les balles de coton. Un véritable chant-danse, sorte de ragtime de travail. Le navire est entouré d'une kyrielle de petites barques où des marchandes offrent des fruits sur de larges plateaux de bois et tendent des noix de coco qui, décapitées d'un brusque coup de machette rient et pleurent avant d'atteindre les lèvres des marins accoudés au bastingage. Là-bas, dix heures s'égrènent du clocher qui élève son doigt aigu au-dessus des frondaisons et des bouquets de flamboyants. Ici, juste au-delà des Douanes, sur la petite Place d'Armes, soudain déferle un ruissellement de musique militaire. Un général noir comme du jais, dans son uniforme vert bouteille galonné d'or, caracole sur un blanc dextrier au milieu des flonflons guerriers, des salves de canon et des pétarades. Il crie des ordres et fait manœuvrer une armée de « cacos-plaqués [1] », cuirassiers à justaucorps de cuir brut et poilu. Le sous-lieutenant Earl Wheelbarrow, les yeux sollicités de tous côtés, pense

1. Paysans révolutionnaires, mercenaires fréquents des généraux de jadis, toujours en mal de pronunciamientos.

toutefois à son Chattanooga natal, aux villas de bois de sa rue, aux nègres de sa ville et les trois visages de Rosasharn, de Dorothy et d'Eléanor se bousculent dans sa tête...

Le fumoir est plein de monde. Interpellé en premier, Earl répond aux questions d'un officier « grimaud [1] » au visage piqué de petite vérole, aux lèvres barrées de fracassantes moustaches... But du voyage... Durée du séjour... L'arrivée d'un gros homme en veste d'alpaga noir sur pantalon de tussor crème met fin à l'interrogatoire. Avantageux, Maître Desagneaux tend une main spatulée, grassouillette et moite au sous-lieutenant Wheelbarrow qui saisit précipitamment cette patte noire...

« ... Le lieutenant Wheelbarrow ?... Maître Desagneaux, Anténor Desagneaux, l'homme d'affaires de votre oncle... »

Dans sa hâte de courtoisie feinte le sous-lieutenant manque de balayer les documents de l'officier d'immigration sur la petite table. Il s'excuse... Maître Desagneaux attire en aparté l'officier d'immigration et lui parle...

« Tout est en règle, lieutenant, nous pouvons partir... »

Earl Wheelbarrow sent un bras se glisser comme un serpent familier autour de ses épaules et une main empalmer son deltoïde gauche. Il en frémit d'horreur, sourit et se

1. Métis aux cheveux blonds ou roux.

laisse entraîner, serré contre l'épaule de Maître Desagneaux.

Sous une pluie battante, les chevaux escaladaient les pentes fougueuses des montagnes qui environnent Saint-Marc. Jusqu'à plus ample informé le lieutenant est un archéologue entiché d'antiquités précolombiennes. Aussitôt à terre, il n'avait eu qu'une idée, grimper les contreforts qui se dressaient devant lui. Le prétexte de recherches archéologiques avait fait merveille contre tous les soupçons, même vis-à-vis de l'ancien homme d'affaires de son oncle, Maître Anténor Desagneaux. Dans cette petite ville, provinciale s'il en est, les jalousies de bois avaient claqué sans arrêt sur le passage du sous-lieutenant. La fête paroissiale en avait été quelque peu éclipsée. On avait suivi toutes les allées et venues du blanc et sa hâte à grimper dans les montagnes en dépit des conseils avait fait sensation et témoigné du meilleur esprit scientifique. En effet, en ces temps troublés, la montée sans peur vers des montagnes peu sûres, tandis qu'on disait les gaves déchaînés et les torrents en furie, au moment même où l'on parlait de nuées de « cacos », aux ordres d'un olibrius en mal de gloire, pullulant dans les hauteurs et prêts à fondre sur la ville, était un acte de courage. Une telle intrépidité était faite pour inspirer sympathie.

L'homme blanc donc allait tout seul, accompagné d'un guide et de trois mulets chargés à couler bas. Ils se hâtaient au milieu des trombes d'eau, les vêtements collés au corps, les yeux délavés, écarquillés sur les précipices. Il fallait coûte que coûte atteindre La Voûte; cette grotte serait le meilleur abri contre le déluge. Le guide d'ailleurs donnait maints signes d'impatience. Il avait peur de rencontrer des « cacos », susceptibles de lui faire un mauvais parti s'ils le prenaient pour un espion : lui couper les oreilles, le rosser d'importance à coups de plat de machette ou le laisser bien ficelé dans un ravin. Ils forcèrent tant et si bien leurs bêtes qu'ils arrivèrent bientôt, malgré les efforts contraires des branchages et des frondaisons alliés à la pluie.

Wheelbarrow ronflait dans la grotte, à grands fracas que répercutaient les échos. Le guide était parti en pleine nuit, malgré la pluie qui continuait à faire rage, disant qu'il préférait s'abriter pour la nuit chez quelque paysan avant de rentrer en ville. Il avait laissé le sous-lieutenant un peu ému des élans sauvages de cette grotte, haute comme une cathédrale gothique et chevelue de lianes qui tombaient de toutes parts du plafond, tels des serpents en goguette. Le lieutenant dormait donc. Or une forme menue se lissait à pas précautionneux dans la grotte et se dirigeait vers le lit de camp où reposait Earl Wheelbarrow. Celui-ci ouvrit l'œil à un froissement mais fit semblant de poursuivre sa ronflerie, une torche électrique à une main, son browning de l'autre. La forme était tout près de lui, elle se penchait sur la couche...

D'un ressort le lieutenant se dressa et fit gicler sa torche électrique sur le visage du visiteur. La forme poussa un cri aigu et se rejeta en arrière. C'était une femme au visage curviligne, rougeâtre, aux traits ronds, auréolés d'une cascade de cheveux noirs. Elle était haute comme un madrier de campêche. Ils roulèrent à terre, elle, se débattant sauvagement, lui la maintenant. Trois fois le lieutenant se releva au-dessus d'elle, lui brisant les poignets dans un étau, trois fois elle le fit chuter. A la quatrième, elle accompagna sa chute d'un coup de tête en plein front. Etourdi, il lâcha prise. Elle fuyait. Le doigt sur la détente du browning le lieutenant la suivit des yeux. Il ne tira pas.

Couvert de sueur, le lieutenant Wheelbarrow resta tout le reste de la nuit éveillé. Le petit matin le retrouva son browning à la main, assis au milieu de quelques cadavres de bouteilles de whisky, les yeux hagards.

Quelque temps après, le lieutenant s'était

organisé à Bassin-Coquilleaux, sur le petit domaine à flanc de montagne que lui avait laissé son oncle, juste au-dessus des sept bassins circulaires aux eaux d'azur qui s'ouvrent tels des yeux humains vers le ciel et s'étagent comme les marches d'un mystérieux escalier jusqu'au sommet du plateau, mystère tellement ancien que nul ne peut dire si c'est la nature ou la main de l'homme qui a placé ces merveilles dans un endroit si sauvage.

Les premiers contacts avec les paysans avaient été décevants. La première fois qu'un paysan avait approché le lieutenant, lui tendant un bout de silex, Wheelbarrow lui avait demandé d'une voix sèche :

« Combien ?... »

L'homme n'avait pas répondu mais il prit le billet qui lui était tendu. Le soir même une grêle de pierres s'abattait sur la case du lieutenant. Elles venaient de tous côtés, semblant chuter du ciel lui-même. Earl en était resté pantois, pendant des jours. Sans qu'il sût pourquoi, l'hostilité devint générale. Les hommes détournaient la tête sur son passage et crachaient. Les femmes se chuchotaient des histoires à l'oreille quand elles le voyaient et éclataient d'un rire sonore et méprisant. Les enfants eux-mêmes le suivaient parfois, à distance, battant mine de rien un charivari d'enfer sur de vieilles marmites, un « chalbarique » furibard et provocateur :

« ... Voilà le blanc « bôzô [1] » !... »

Après un débat de conscience cornélien, Earl descendit vers le hameau, sur le petit platon, là où la rivière fredonne sa chanson millénaire, écumante, blanche comme les galets qu'elle charrie rageusement. Il marcha droit à une case devant laquelle somnolait un vieillard et, baragouinant, demanda du feu pour sa pipe. Il fut reçu, dut boire le café, servi par des jeunes filles qui accompagnaient leur offrande d'une révérence. La paix ne revint cependant pas et les pierres ne cessèrent de tomber que quand il eut rendu visite à tous les nègres des environs, qu'il leur eut tapé dans le dos, qu'ils lui eurent tapé dans le dos et qu'ils aient bu, devisant des saisons et des récoltes.

Toutes ces choses avaient plongé le lieutenant dans une rêverie sans fond. A la ville où il allait pour ses courses, il n'avait osé en parler à personne, même pas à Maître Anténor Desagneaux qui recevait sa correspondance. Ainsi, les hommes de ces montagnes l'avaient contraint à capituler ! D'ailleurs il fut surpris de constater que cela ne lui déplaisait pas. Le jour où une gamine lui offrit au bord d'un sentier un bouquet de fleurs des champs, il ne fut plus seul à rendre des visites. Il en reçut également. Les paysans lui apportaient des éclats de silex, des haches précolombiennes, des morceaux de

1. Faraud, élégant et distant.

silex, des fruits... Il passait pour un toqué des vestiges du passé et pour peu qu'il eût consenti à aller danser la martinique, le calinda ou le mahi sous leurs tonnelles, les gens auraient cessé de remarquer qu'il était blanc et l'auraient considéré comme un bon nègre « natif-natal », un Toma d'Haïti bon teint. Il tenait son affaire, bientôt il pourrait commencer les fouilles, sans qu'aucun soupçon ne soit éveillé.

En vain Earl avait interrogé les gens sur l'existence d'une femme au teint abricot et à la tumultueuse chevelure noire. On l'avait regardé mais on n'avait pas répondu.

Un soir cependant, Earl crut entrevoir la femme sur la berge du troisième bassin. Il était persuadé que c'était elle, il en aurait donné sa tête à couper. Elle était assise, les pieds dans l'eau, coiffant sa chevelure avec un peigne scintillant, chantant sur un étrange rythme qu'il n'avait jamais entendu dans la région. Earl dévala la pente comme un fou. Quand il fut à quelques pas d'elle, la femme se retourna, se dressa, éclata de rire, d'un fou rire cascadant. Elle était seulement recouverte d'une feuille de cocotier qui lui croisait obliquement la poitrine. Elle se mit à courir sous la lune, semant son rire de chèvre heureuse et disparut dans les buissons.

Quand le sous-lieutenant rentra dans sa case où bourdonnaient déjà les moustiques, il se coucha. La fièvre le saisit peu après, une fièvre froide qui lui engluait le corps de sueurs épaisses... Pendant des jours le sous-lieutenant Wheelbarrow resta chez lui en proie aux frissons et à la fièvre, avalant force cachets de quinine et des rasades de whisky capables d'assommer un bœuf. Un soir, alors qu'il était en proie à ses rêves éveillés, à la fièvre, à l'alcool, à demi nu sur sa couche, maugréant et se débattant, deux visiteurs entrèrent. Pris d'une terreur subite, le malade se dressa et poussa un rugissement de bête. Les visiteurs s'enfuirent. Les bruits les plus étranges commençaient à courir sur le blanc qui vivait près des bassins. On racontait que c'était un suppôt du diable et qu'on l'avait surpris dans sa case, officiant tout nu un culte satanique aux esprits d'en bas, maugréant des paroles étranges et hurlant comme un forcené. On fit le vide autour de lui et personne ne s'aventura plus à lui rendre visite.

Quand il commença à se sentir mieux, il sortit. Les gens se détournèrent sur son passage. Il voulut rendre visite, mais chaque fois il ne trouvait personne. Faible, l'esprit encore obnubilé par la fièvre, Earl se rendait compte qu'il devait faire vite de trouver son trésor. Le climat était pour lui meurtrier dans ces montagnes. Il avait acquis la certitude que le trésor se trouvait au bas du dernier bassin, là où il avait revu la femme mystérieuse. Cela concordait d'ailleurs avec les indications laissées par son oncle d'après un croquis ancien retrouvé dans les papiers d'un ancien colon français. Amaigri, n'étant plus que l'ombre de lui-même, Earl Wheelbarrow était désormais la proie d'étranges mirages, rêvant de doublons d'Espagne, de bêtes, et d'une femme merveilleusement belle au rire fou.

Une nuit, le lieutenant commença les fouilles. Il avait choisi une nuit très noire, gluante comme une soupe de calalou-djondjon[1]. Après avoir travaillé plusieurs heures à la lumière de ses torches électriques, il avait creusé une fosse profonde d'au moins trois mètres. L'eau gicla. C'était une poche souterraine à l'onde pure comme du cristal qui avait crevé. L'eau commençait déjà à emplir la fosse. Les nerfs exacerbés par la fatigue, animé d'une furie qui s'alliait à une peur pénétrante, Earl reprit la pioche après un moment d'hésitation. Il se mit à creuser un déversoir pour vider la tranchée. Après deux heures de travail exténuant dans l'eau qui lui atteignait déjà la ceinture, la fosse fut vidée. Par l'orifice, l'eau ne venait plus que par saccades, elle s'épuisa brutalement. Earl recommença à creuser. Après

1. Soupe aux champignons noirs et au « gombo », petit légume vert.

s'être échiné à vaincre une couche pierreuse, sa pioche rencontra un tuf friable. De temps en temps Earl remplaçait la pioche par la pelle, creusant sans arrêt, le corps inondé de torrents de sueur.

Soudain le lieutenant se retourna et se figea sur place, terrifié. Il y avait dans la fosse un énorme serpent ! Un éclat de rire retentit alors au-dessus de sa tête. Il regarda. C'était la femme qui l'observait, la même femme qu'il avait surprise dans la grotte et qu'il avait ensuite entrevue près du troisième bassin aux eaux bleues. Il braqua sur elle sa torche électrique. Elle ne broncha pas. Elle se tenait debout comme une antique statue des âges anciens, hiératique, auréolée d'une beauté pleine, vêtue d'un simple pagne drapé autour de ses hanches :

« ... Tu es bien hardi de toucher à la montagne Vien-Vien ! » déclara-t-elle lentement comme goutte à goutte.

« ... Tu es bien hardi ! » répéta-t-elle après un silence.

« ... Bien hardi !... » jeta-t-elle une dernière fois.

Elle avait disparu. Le serpent qui tout à l'heure était dans la fosse également !

Earl escalada furieusement les parois de la profonde tranchée. L'aube blanchissait maintenant le ciel et allumait l'orient de miracles roses et orangés. Le lieutenant se déshabilla vivement, plongea dans l'eau proche du dernier bassin pour retrouver ses esprits. Il était bien éveillé. Il en sortit aussitôt, se rua comme un fou vers sa case. Il en ramena quelques haches précolombiennes et toutes les poteries qu'il avait recueillies jusque-là. Etait-il la proie d'un de ces étranges mirages que semblait recéler ce pays dont la terre elle-même semblait magique ?... Il lui parut entendre encore dans le lointain la voix de la femme qui criait :

« Viens ! Viens !... »

Après trois jours de fièvre de cheval, Wheelbarrow alla mieux. Dès qu'il fut debout, il déchira toutes les lettres qui lui venaient de Rosasharn, de Dorothy et d'Eléanor, ainsi que tous ses papiers d'identité, en un mot tout ce qui l'attachait à Chattanooga et à la république étoilée. Il vivrait désormais dans ce pays. Il en percerait le mystère. Il aurait cette femme, dût-il en crever !...

Il réfléchit longtemps. Il se rappela alors avoir entendu parler du maréchal Célomme, un ancien chef-de-section rurale, un patriarche, papaloa sans reproche, qui vivait encore plus haut dans les montagnes, dans la région de Gouyaviers. Aucun mystère du cœur de l'homme, aucun mystère du corps lilial des Invisibles n'était étranger au maréchal Célomme, disaient les paysans. Il avait « le don des yeux », la voyance. Il savait même ce que seul le couteau décèle en pénétrant au cœur de l'igname, répétait-on... La vie est une igname... Wheelbarrow prit donc la décision de grimper par le sentier qui, infatigable, s'entortille autour des sommets, pour aller consulter le grand-prêtre, serviteur du Ciel et des Eloahs...

Je me rappelle jusqu'au son de voix du maréchal Célomme me contant cette histoire. Le vieux m'a en effet rapporté tant de fois son entrevue avec le lieutenant Wheelbarrow que ses propres mots me restent gravés dans la mémoire. Je ne crois pas que le vieux sage ait agrémenté les faits, non seulement il était incapable de mentir, mais encore il n'en a jamais varié un seul détail. J'ai souvent rencontré des papaloas respectueux de l'orthodoxie de leur religion vénérable, parfois même ai-je longuement causé avec des Serviteurs honnêtes, brûlant de foi dans le Vaudou et les Eloahs de leurs pères, mais jamais je n'ai connu homme plus droit, plus pur, plus humain et plus désintéressé que le maréchal Célomme, malgré sa crédulité et son ignorance. Voici comment il m'a relaté son entrevue avec le sous-lieutenant Wheelbarrow.

Quand Earl arriva à Gouyaviers dont les cimes surplombent les Bassins-Coquilleaux et tous les environs, il descendit de sa mule fourbue et s'enquit de la demeure du papaloa. Maréchal Célomme l'attendait debout devant la porte du sanctuaire. Il l'interpella en ces termes alors que Earl s'avançait vers lui :

« ... Je t'attendais, mon « fi » ! », lui dit-il.

Ils se saluèrent. Le lieutenant lui bailla la main et lui dit qu'il venait pour percer le mystère d'une fille couleur d'abricot qui hantait les nuits de lune près des Bassins bleus. Le papaloa le fit entrer dans le sanctuaire et le conduisit à la salle du badgi [1] au-dessus de laquelle le grand corossolier balance ses fruits, mamelles vertes et boutonneuses sur le chaume doré. C'était une chose inoubliable de voir le maréchal Célomme exercer les pouvoirs que confère le plus haut stade de l'initiation vaudoue, la prise des yeux. Après une courte prière devant le badgi, gravement le maréchal Célomme prit dans sa main gauche « l'œil du ciel », une petite hache indienne de pierre bleue, gage de la fusion des nègres marrons, des zambos et des indiens indépendants du grand Cacique Henri. Maréchal Célomme emplit sa main d'une poignée de cendres qu'il laissa couler lentement entre ses doigts flétris...

« Celui qui osera toucher au trésor de la montagne mourra... Mais l'homme peut atteindre le trésor de la vie... Je vois une femme rouge, la belle maîtresse des eaux qui t'appelle... Marche sans peur et sans hâte vers elle, c'est le trésor de la vie qui t'attend... Chaque pièce d'or coûte une goutte de sang !...

---

1. Autel vaudou.

— Je ne veux plus du trésor de la montagne ! dit le lieutenant avec force.

— Aimes-tu cette terre et les hommes de cette terre ? Peux-tu te sacrifier à eux, sacrifier tout ?...

— Je ne connais plus que cette terre et les hommes de cette terre ! affirma le lieutenant.

— Alors si ton cœur ne connaît pas la peur, si ton sang est pur comme la rosée, si ton âme est sereine comme les yeux des enfants, passe le seuil de la porte, sinon ne défie pas les dieux de cette terre... Passe ton chemin et vite ! »

Ce qui se déroula par la suite dans le « hounfort [1] » du maréchal Célomme, je n'ai pas pu le savoir, le vieillard a toujours été réticent sur cela. Le manuscrit du lieutenant est aussi muet sur ce point. Nul ne le saura vraisemblablement jamais. Ce que je sais, c'est que le lieutenant Wheelbarrow rencontra la femme un soir de lune. Femme ou Sienhi des eaux, Sirène ou Baleine, Vien-Vien ou déesse, il la vit. Nous dénommons les choses selon notre cœur et tout est réel si nous en détenons les clés. Le sous-lieutenant Wheelbarrow était désormais enchanté et ses yeux purent voir ce que dans ses fièvres il avait cru distinguer. A chacun sa tâche sur la terre, celui qui croit et celui qui ne croit pas; les uns raconteront, les autres expliqueront les merveilles de la vie.

1. Sanctuaire vaudou.

Les bassins bleus étincelaient comme des miroirs frissonnants. La beauté radieuse, nourrie des immémoriales splendeurs de la terre haïtienne n'eut plus de secrets pour Earl Wheelbarrow. Il s'était dépouillé de sa scorie, le vieil homme était mort en lui, les vieilles hargnes et les haillons... Elle l'attendait au bord des eaux. C'était une femme gracile, dont les formes et les traits restaient indiens malgré les apparentes ardeurs du sang de Cham. Elle l'attendait, immobile :

« Viens ! Viens ! » lui dit-elle.

Il approcha encore.

« Je suis la gardienne de ces montagnes et de ces eaux, lui dit-elle... Regarde mes verts troupeaux qui se bousculent à l'infini, regarde mes eaux bleues qui montent jusqu'au plus grand bassin, l'azur du ciel... Ils dorment tranquilles avec tous mes trésors... L'heure n'est pas encore venue pour les hommes de cette terre de s'emparer des trésors enfouis... Je t'attendais... »

Il vint tout près d'elle. Elle lui tendit les mains. Il les prit.

« ... La terre s'ouvrira un jour pour donner ses trésors à tous les fils de cette terre. Aujourd'hui il faut veiller sur eux... Veux-tu m'aider à veiller sur eux ?... Si tu trahis les secrets de la terre, la terre te dévorera tout vif, avant même que tu aies fini d'en concevoir la pensée !...

— La terre me dévorera ! répéta Earl Wheelbarrow.

— Pour posséder la terre, pour partager la garde des trésors, tu dois me vaincre à la lutte. Es-tu capable de courber mon dos jusqu'à la terre ?... »

Il la saisit et la lutte commença. Ils se battirent au bord des bassins sous la lune, ils se battirent sur le cresson humide, ils se battirent dans l'humus frais, ils se battirent dans les eaux. Ce fut au dernier Bassin qu'ils s'enlacèrent.

Par la suite, jamais on ne revit le sous-lieutenant Wheelbarrow dans sa case de Bassins-Coquilleaux. Son manuscrit est bien incomplet, bien obscur, mais il y parle avec un tel accent de joie et de plénitude qu'il connut vraisemblablement le bonheur. Si les bribes de son journal qui me sont parvenues sont l'œuvre d'un fou, je crois alors que ce bonheur que nous cherchons tous n'est pas bien distinct de la folie. Peut-être ses notations sont-elles un peu incohérentes, mais je me méfie de la raison trop froide et raisonnante.

« ... Quand elle désire déguster une goyave, écrit le lieutenant Wheelbarrow, je sens immédiatement deux ruisseaux acides et frais couler le long de mes mâchoires. Elle n'a pas besoin de parler. Nos yeux se rencontrent, nos mains se prennent et nous nous élançons dans la campagne... »

Il semble qu'ils n'avaient pas de repos et que toutes les nuits ils couraient dans les montagnes. Earl a écrit dans son journal :

« ... Je me suis blessé en tombant dans un profond ravin. Elle m'a relevé et emporté dans la grotte. J'ai le mollet à demi arraché, mais je ne souffre pas. Elle recueille de la rosée fraîche pour me laver la plaie, c'est tout. Elle me soigne et si par hasard elle voit dans mes yeux un soupçon de douleur alors elle pose simplement sa bouche sur ma plaie et immédiatement je n'ai plus mal... »

Earl Wheelbarrow a dû atteindre ce point du savoir humain où l'on participe à toute respiration, à toute vibration de la matière vivante. Il note :

« ... Hier elle m'a dit qu'elle allait m'apprendre à rire comme les fleurs. Pendant des heures elle a guidé mes exercices. Puis j'ai ressenti une grande paix et nos corps se sont confondus... »

Il relate encore :

« ... Maintenant je puis rester de longues minutes sous l'eau... Les poissons vont et viennent autour de nous, s'approchent, nous regardent, nous frôlent et repartent avec de lentes nages... Je n'arrive pas encore à les faire se blottir dans ma main comme elle le fait... »

Puis :

« ... Hier soir, il a fait froid. J'ai eu froid. Alors elle m'a fait signe. Je me suis lissé à sa suite dans l'étroite faille de la grotte qui descend presque verticalement. Nous nous sommes enfoncés au cœur de la terre peut-être une heure durant. Arrivés à un point où l'espace s'était élargi, nous nous sommes arrêtés et sommes demeurés dans une anfractuosité. Il y régnait une douce tiédeur. Je sentais vibrer la vie rayonnante des profondeurs contre ma chair et le frémissement des grandes eaux thermales qui dansent sous la terre charnelle. Des sortes de moucherons dorés voletaient autour de nous. J'ai pénétré en elle et nous avons dormi... Nous sommes remontés quand il a fait jour... »

S'il faut en croire le manuscrit, la vie est fraternelle parmi le peuple des Vien-Viens :

« ... La vie est parfois dure dans les montagnes et il nous arrive d'avoir faim... Si j'ai récolté un fruit, une racine douce amère, une tige sucrée, elle n'accepte pas de manger si je ne veux pas mordre avec elle, alternativement, dans notre prise... Ses yeux sont alors de la couleur la plus amoureuse que j'aie vue... »

Jamais union ne fut plus intime que celle de Earl Wheelbarrow et de la survivante du doux peuple chemès. J'ai lu dans les feuillets :

« ... L'autre jour, juste quelques secondes, mon esprit s'est envolé au loin, très loin. Elle l'a immédiatement su. Elle a alors pris l'oiseau-musicien qui vit avec nous et a refermé mes doigts sur ce bouquet de plumes vivantes. J'ai à ce moment senti passer en moi toute la vibrance de son amour qui est immense comme la vie... »

Je déchiffre dans un autre fragment :

« ... Elle me prend les mains, pose la tête contre ma poitrine et reste là de longues heures à écouter battre mon cœur... Je suis confondu avec elle... Souvent nous jouons, elle est la cascade et je me baigne sous la folle chute de ses cheveux bleuâtres... »

Earl Wheelbarrow était encore jeune, cependant il restait angoissé par l'écoulement du temps qui fuit toujours. Je distingue ces phrases :

« ... Je n'ai pas l'impression de vieillir ni de m'user, j'ai l'impression que je m'éteindrai comme une bougie, un jour lointain... Qu'il soit le plus lointain possible, car elle ne sait pas pleurer !... Elle se lierait à ma dépouille et me tiendrait serré contre elle jusqu'à ce que la mort vienne la saisir à son tour. Elle se laisserait mourir d'inanition, mais ne me lâcherait pas... Ainsi faisaient jadis, m'a-t-elle dit, les épouses des grands caciques, qui accompagnaient dans la tombe leur compagnon... »

Peut-être le sous-lieutenant enchanté a-t-il appris tous les secrets du peuple chemès, tous les secrets que nous désirerions tant connaître. En tout cas, il semble que plusieurs fois il ait été en contact avec d'autres Vien-Viens. Il relate :

« ... J'ai vu le grand dieu-xémès rouge qui est dans l'immense gouffre souterrain... Elle m'a conté la grande samba du peuple chemès et m'a appris les paroles des grands areytos anciens... »

Je suis arrivé à lire encore sur le vieux document abîmé, usé et déchiré dont les caractères sont souvent délavés par l'eau des grandes pluies et pâlis par les ardeurs du soleil :

« ... Avec la saison des pluies arrivent les grandes fêtes des sambas. Nous soufflons dans de grandes conques de lambis, sur trois notes modulées et nos frères et nos sœurs des montagnes nous répondent de loin en loin... Puis nous nous rassemblons, nous chantons, nous dansons jusqu'à la fin des ondées... La musique fait de moi une pauvre chose déchirée, même mon déchirement est mélodieux et participe du sien... »

C'est tout ce que je peux dire de la vie du sous-lieutenant enchanté, de l'âpre poésie, de l'étrange amour qui le fit flamber telle une allumette de Bengale dans les montagnes violettes et violentes des Hauts-de-Saint-Marc. Comme un elfe, il courait chaque nuit, ivre des splendeurs des montagnes, il courait chaque nuit avec sa compagne, dans le verdissement de la terre, dans la bouche du vent, dans les frissons des eaux. Le jour, il vivait dans les grottes où s'entassent les trésors accumulés par le Cacique de la Maison d'Or, le terrible Caonabo. Il connut tous les charmes anciens, tous les chants, toutes les danses de la reine Anacaona La Grande, La Fleur d'Or, ces chants et ces danses que les maîtresses des eaux et les maîtresses des montagnes perpétuent dans les nuits claires.

D'aucuns disent que les Vien-Viens, derniers descendants des Chemès d'Haïti, gardiens tutélaires des richesses de demain, qui vivent, insaisissables, dans les hautes montagnes escarpées et inaccessibles n'existent pas. Grand bien leur fasse !... Moi, ce que je sais c'est que dans son manuscrit, le sous-lieutenant Wheelbarrow a affirmé avoir vécu la vie des derniers Vien-Viens. Je n'ai aucune raison d'en douter. Le whisky ou la folie ne me paraissent pas des arguments décisifs après la lecture de son bouleversant témoignage...

Le maréchal Célomme, mon ami, m'a enfin appris, qu'une nuit, alors que les combats faisaient rage entre les patriotes en armes, les cacos de Charlemagne Péralte et les troupes des envahisseurs américains, le sous-lieutenant Wheelbarrow fut capturé par les « marines » yankees. Plusieurs vieux paysans de la région des Bassins-Coquilleaux m'ont raconté avoir vu le lieutenant garrotté, lié à sa compagne, qu'il fut jugé et fusillé sur les lieux, accusé de haute trahison et d'intelligence avec l'ennemi.

Les deux cadavres furent recueillis par les paysans et enterrés pieusement dans la petite tombe qui blanchit près de la grotte La Voûte...

Ils sont morts, mais malgré tout, dans la région, les gens continuent, disent-ils, à voir une Maîtresse de l'Eau qui, les soirs de lune, peigne inlassablement la soie noire de sa chevelure tumultueuse au bord des bassins bleus qui gravissent la montagne. Peut-être le lieutenant Wheelbarrow et sa compagne ont-ils laissé des enfants ?... En tout cas, c'est une grande et belle chose pour un peuple que de conserver vivantes ses légendes.

« ... Neveu, me dit le Vieux Vent Caraïbe, nous sommes tous frères et la vie est immortelle !... Il faut rire de ceux qui croient pouvoir anéantir la vie ! Pour l'illustrer, si cela est encore nécessaire, je te chanterai cette chantefable :

LA ROMANCE DU PETIT-VISEUR

ROMANCE DU PETIT-VISEUR

Chantefable.

Il était un petit bonhomme tellement adroit au tir, qui aimait tellement la chasse que, dans tout le pays, il devint célèbre et que le nom du Petit-Viseur lui est resté. Aujourd'hui, on dit que les oiseaux chantent. Qui donc a entendu chanter un oiseau ? Qui ose l'affirmer ? Mais jadis les oiseaux chantaient vraiment, tout comme nous autres chrétiens vivants. La Romance du Petit-Viseur est là pour en témoigner.

L'œil vif, le fusil en bandoulière, le doigt preste, le Petit-Viseur partit un matin pour la forêt. Qu'avait donc ce matin-là, le Petit-Viseur, que ramiers, pintades, tourterelles ou perdrix ne l'intéressaient pas ? La vie est ainsi. Tel jour on se lève du pied gauche et, bougon, on ne dit pas bonjour au soleil. Tel jour on se lève du pied droit et, gaillard, on claironne tout le monde. Bleu-rouge, gaie-triste, mauve-grise, telle est la vie, montagneuse, avec des cimes et des gouffres. Le Petit-Viseur allait donc dans la forêt avec une humeur incertaine.

L'Oiseau de Dieu était perché à la basse branche d'un filao. Il chantait. Tudieu ! quel oiseau que celui-là ! Minuscule arc-en-ciel de couleurs radiantes qui tintinnabulaient l'une contre l'autre. Au bout de l'aigrette fine de sa tête tremblait un petit bouquet d'étoiles qui scintillaient à des kilomètres. Les ailes étaient frangées d'un plumeau d'or léger aux barbillons aussi impalpables que la lumière. Quant à la queue, elle tombait comme la fameuse cascade des Trois-Rivières, aussi argentée, aussi tumultueuse, tellement éblouissante que les gens disaient que pour contempler l'Oiseau de Dieu il fallait des lunettes. Je me le demande ! A-t-on déjà vu le vent porter des lunettes ? Les gens parlent pour rien, foi de Vent Caraïbe !...

Sans lorgnon, l'œil du Petit-Viseur se mit à méringuer, son nez à remuer et son doigt à frétiller. L'Oiseau de Dieu ouvrit le brillant-jonquille qui lui servait de bec et entonna :

... Han ! Hé ! P'tit-Viseur, eh !
Han ! Hé ! P'tit-Viseur, eh !...
P'tit-Viseur « pin'ga[1] *» me viser !...*

1. Pin'ga : contraction de prendre garde à.

Han ! Hé ! P'tit-Viseur, eh !...
P'tit-Viseur « pin'-ga » me viser !...

Caramba, quel maëstro, neveu ! Les grands filaos-musiciens de la forêt eux-mêmes en étaient jaloux. Ce porte-plume coquet, croque-notes et coquecigrue venait pour les narguer ! Depuis le matin les filaos se taisaient, balançant nerveusement leurs longues crinières de filaments vert mordoré. Chut ! On ne sait jamais avec ces grands nègres qui fréquentent et sont à tu et à toi avec les puissants du ciel ou de la terre !... L'illustrissime compositeur s'étant au surplus perché sur l'un d'eux, je te laisse à penser quelle pouvait être la hargne de nos mélodieux filaos. Mais le Petit-Viseur se fichait pas mal de l'Oiseau de Dieu, il se moquait de ses dires et de ses mises en garde, aurait-il été le professeur de Mauléard Monton [1] lui-même ! Le Petit-Viseur le coucha en joue et, pan ! Il décrocha le prétentieux qui fit une parfaite chute verticale.

A peine était-il à terre, mort et déjà raide que l'incorrigible oiseau vocalisait à tue-tête :

... Han ! Hé ! P'tit-Viseur, eh !
Han ! Hé ! P'tit-Viseur, eh !...
P'tit-Viseur « pin'ga » me ramasser !...

---

1. Musicien haïtien du XIXe siècle, auteur de la célèbre mélodie de *Choucoune*.

Han ! Hé ! P'tit-Viseur, eh !...
P'tit-Viseur « pin'-ga » me ramasser !...

Paix, bouche ! Tonisse ! Voilà des années que le Petit-Viseur faisait la chasse. Ce n'était pas lui qui se serait préoccupé des menaces d'un oiseau mort, fût-il vraiment l'Oiseau de Dieu. Le Petit-Viseur ramassa donc l'oiseau et le fourra promptement dans son halefort. Aussitôt enfermé le babillard recommença à chanter, de plus belle :

... Han ! Hé ! P'tit-Viseur, eh !
Han ! Hé ! P'tit-Viseur, eh !...
P'tit-Viseur « pin'-ga » me porter !...
P'tit-Viseur, eh !...
P'tit-Viseur « pin'-ga » me porter !...

Le Petit-Viseur donna un grand coup de poing à son havresac et l'oiseau se tut. Le Petit-Viseur décida de rentrer chez lui ! Il allait montrer à ce sacré Oiseau de Dieu ce qu'il savait faire !

Arrivé chez lui, à peine le Petit-Viseur avait-il posé son carnier sur la table de la cuisine que l'indécrottable volatile se mettait de nouveau à brailler avec ses plus beaux piaulis et fleurtis :

... Han ! Hé ! P'tit-Viseur, eh !
Han ! Hé ! P'tit-Viseur, eh !...
P'tit-Viseur « pin'-ga » me plumer !...
P'tit-Viseur, eh !...
P'tit-Viseur « pin'ga » me plumer !...

Ce grand hallebreda de Petit-Viseur plongea incontinent le bras dans le halefort, en sortit la bête à plumes et commença à l'effeuiller au vent, telle une marguerite. Je m'empressai d'emporter toutes ces magnifiques plumes qu'on m'abandonnait, car, neveu, me faisant Vieux Vent Caraïbe de plus en plus, je suis frileux en hiver et j'en voulais faire un bon beau bonnet bien chaud pour ma tête... Ça faisait plaisir de voir comment un Oiseau de Dieu est tourné quand il est déshabillé ! Aussi gauche et aussi mal foutu que nous autres, vents et hommes, quand nous nous mettons nus. Proprement dévêtu, l'Oiseau de Dieu ne s'en mit pas moins à chanter à perdre haleine :

... Han ! Hé ! P'tit-Viseur, eh !
Han ! Hé ! P'tit-Viseur, eh !...
P'tit-Viseur « pin'-ga » me flamber !...
P'tit-Viseur, eh !...
P'tit-Viseur « pin'-ga » me flamber !...

Il fut flambé, ouvert, étripé et fichu dans la chaudière. Dans l'huile qui grésillait ironiquement, l'Oiseau de Dieu lança au Petit-Viseur qui se frottait les mains ses plus belles bordées de trilles, inapaisable, endiablé :

... Han ! Hé ! P'tit-Viseur, eh !
Han ! Hé ! P'tit-Viseur, eh !...
P'tit-Viseur « pin'-ga » me manger !...
P'tit-Viseur, eh !...
P'tit-Viseur « pin'-ga » me manger !...

Le couvert était déjà mis. Le Petit-Viseur, fourchette dans une main, couteau dans l'autre, l'œil narquois et railleur, se léchait les babines. Le sagouin !

Aussitôt dans l'assiette, l'Oiseau de Dieu s'époumonait avec frénésie, toujours déluré, cadencé, triomphant, éblouissant :

... Han ! Hé ! P'tit-Viseur eh !
Han ! Hé ! P'tit-Viseur, eh !...
P'tit-Viseur « pin'-ga » m'avaler !...
P'tit-Viseur, eh !...
P'tit-Viseur « pin'-ga » m'avaler !...

Le Petit-Viseur mastiqua et avala avec ravissement l'Oiseau de Dieu. C'est bon, l'Oiseau de Dieu, un régal !...

Le Petit-Viseur se leva de table, alla dans la cour, tendit son hamac entre deux manguiers en fleurs, non loin d'une joyeuse touffe de bananiers, à côté du ruisselet qui serpente sur les galets. A peine se coucha-t-il qu'on entendit un étrange sifflement. Le ventre du Petit-Viseur avait crevé et, avec un grand éclat de rire, l'Oiseau de Dieu en jaillit, s'envola dret vers la forêt, filant sur le même filao où il était perché le matin même.

Il y aura toujours des oiseaux, neveu !...

« ... Tonton, comme toi, comme nous tous, Sambas, j'ai passablement voyagé... A la réflexion, j'ai pérégriné un peu plus que toi qui n'as jamais voulu quitter les tropiques... Je ne veux pas te parler de ces pays que l'on décrit dans toutes les géographies, mais d'un pays dont nous sommes tous citoyens. Chacun, nous y avons notre village que nous affectionnons, mais rien de plus passionnant que de le parcourir tout entier... Ecoute donc les fantaisies du prince des fous :

LE ROI DES SONGES

LE ROI DES SONGES

Partis à bord d'un avion de rencontre, nous montâmes à la queue leu leu à la suite de la stewardess par le praticable chromé de quelque Constellation en croisière d'essai. En effet, pressés, heureux de nous envoler vers les importantes et urgentes occupations qui nous appelaient, sans pouvoir plus longtemps souffrir du retard, nous avions tous dû nous hâter de sauter dans cet appareil de hasard. Nous ne devions pas être plus d'une vingtaine. Les uns étaient en vêtements de demi-saison, les autres en tenue polaire, quelques-uns en complets d'été, certains en smoking, en habit et en cape de soirée, moi, j'étais en pyjama fantaisie. Nous nous engonçâmes chacun dans son fauteuil-couchette, baragouinant en des tas de langages. Blond vénitien, tête-de-nègre, acajou, jaune, bistre, rose jambonné et le reste, nous formions une véritable équipe de la tour de Babel. Les moteurs ronflèrent, les portes à glissière grincèrent et l'écran s'alluma :

« ...*Fasten seat belts*... »
« ... Attachez vos ceintures... »
« ... *Abrochad sus cinturones*... »

Nous fûmes entraînés, puis, zoum ! Nous ressentîmes une violente secousse et éprouvâmes la valeur de nos tripes. Notre avion s'était arraché, décoché dans l'espace, bu et rebu par un horizon inlassable, sans cesse reculé. Les uns tirèrent leurs journaux ou magazines, d'autres se mirent à mâcher du chewing-gum, qui posa la tête pour un roupillon, quel s'enroula de couvertures et plongea le regard dans la mer, moi je tirai ma pipe et m'entourai de mes propres nuages.

A la réflexion, je crois que la voix de la stewardess était rose. On l'entendait en effet, telle une fleur carnivore, s'ouvrir et se fermer avec des stridulations heureuses. Elle s'acharnait à se nuancer de tons tour à tour clairs et profonds, sans doute pour mériter quelque distinction de la Compagnie navigante qui l'avait embauchée pour le plaisir et la satisfaction des emmerdeurs que nous étions. Autour de moi, les voix avaient toutes les couleurs que l'on peut imaginer, mais celle de l'hôtesse de l'air devait être rose, indubitablement. Les voix des voyageurs étaient des voix de plaisance, des voix de farniente, des voix aux couleurs blasées, des voix de transit ou d'évasion, mais cette voix qui me retenait parmi toutes les autres était une voix de travail. Peut-être cette voix toute rose bonbon avait-elle son charme dans l'intimité d'un foyer, dans la tiédeur d'un lit ou la chaleur d'un oreiller, qu'elle se diaprait d'illusion, de chimères, de papillons noirs, de caprice ou de fantaisie, mais ici, cette voix avait quelque chose qui discordait avec les nôtres. Cette voix à quatre quatre-vingt-quinze me gênait. Elle s'insinua dans le nuage où j'étais engoncé et je fus envahi par un flux rosâtre qui m'agaça les dents. Je dus répondre d'une voix verte, vert vif, vert véronèse, vert criard. La voix de mon interlocutrice devint blême, safranée, flavescente, isabelle. Un oreiller se glissa néanmoins sous ma tête, un plaid en douce laine des Pyrénées m'enveloppa les jambes et un plateau se posa sur mes genoux. J'eus honte. Cette pauvre fille avait peut-être une couleur de voix qui était exigible à l'examen de passage de l'école hôtelière ou à l'admission de la *Trans-Dreaming-Air-Lines*. Je bredouillai des mots confus, bigarrés, rougissants, purpurins ou vermillons.

A l'intérieur de ma nuée, je commençai à manger, distraitement. Les mets tintaient sur mes dents avec une tonalité de si bémol. Je mangeais parce que j'avais faim, mais ce déjeuner chatouillait mes oreilles de notes acides, hautes et aiguës. Diatonique mais toujours agaçante, la bouchée abandonnait mes dents pour se lisser sur la langue, atteindre le palais, s'irisant autour de la même dominante. A cet instant, je prêtai plus ou moins l'oreille à ce qui se disait autour de moi. Non... Les voix étaient toutes différentes; ce qui semblait indiquer que le repas provoquait aux tympans de mes compagnons de ciel des dissonances ou des sonatines différentes. Cela se concevait, car nous étions tous de races et de nationalités diverses... Et puis tout ça ne valait pas la peine que je me donnais ! Je rallumai ma pipe qui se mourait et me mis à épaissir le nuage autour de moi. De cette manière, tous ces diapasons, ces ut et ces fa dièze, que provoquait sur chacun de nous le même repas chimique préparé par quelque « Maxim's de Paris », ne pourraient plus m'importuner. Je bus et j'absorbai la gélose tremblotante du dessert avec une impassibilité toute spartiate. Kss !...

Ma voisine de fauteuil-couchette posa, par inadvertance ou non, sa main sur la mienne. Cette paume était douceâtre, fade, succulente... J'enlevai imperceptiblement, mais inexorablement ma main à cette promiscuité interlope... Deux oiseaux bleus pénétrèrent subrepticement dans mon nuage. Comment des oiseaux avaient-ils pu se glisser dans la carlingue ? Peut-être quelque voyageur transportait-il des passerines dans ses bagages et que ces oiseaux s'étaient échappés de leur cage ? La *Trans-*

Dreaming-Air-Lines autorisait-elle le transport de ce genre de passagers ?... Ces oiseaux étaient identiques, jumelés et ne bougeaient pas l'un sans l'autre, cependant combien ils me parurent différents. Ils ne gazouillaient pas, ils se tenaient à ma portée, perchés je ne sais sur quoi, curieux... L'un était bleu d'ennui, bleu comme les nègres américains disent : *I am in the blue*... l'autre était bleu de plaisir, bleu comme le deviennent ces suçons rouges de l'amour sur les peaux claires. Deux bleus identiques mais aux vibrances combien distinctes... Il faut que l'œil humain réétalonne les couleurs...

« ... Madame, reprenez vos oiseaux... »

Nous tombâmes à ce moment exact dans un grand trou d'air, sorte d'ascenseur ultra-rapide, déglutissant les étages... La grande machine élévatrice de l'immeuble de Radio-City quand elle s'effondre tous les vingt-cinq étages... Cruelle machine !... Nous n'étions plus qu'une vingtaine de voyageurs soudain silencieux, dessillés, attentifs... Le grand oiseau d'acier qui nous emportait se cabra soudain et se relança à la reconquête de l'altitude. L'aigle Zeus emportait vingt petits Ganymède qui ne savaient plus s'ils voulaient monter ou descendre.

« Hi ! Hi ! Hi !... Vous avez eu peur ?... Hi ! Hi ! Hi...

— ... Hi ! Hi ! Hi !... »

Je dus répondre en portugais car elle sembla

me comprendre et arrêta net ses saccades. Hi ! Hi ! Hi !...

Je m'abîmai dans la contemplation de l'aile de notre Constellation. Un petit rivet sautait et ressautait dans son trou. Je ne le quittai pas des yeux et pour la première fois, je me demandai où allait exactement notre machine volante. De courtes flammèches bleues sortaient du moteur de droite depuis quelques instants, avec de plus en plus d'insistance. La stewardess traversait et retraversait l'allée centrale, disparaissait par la porte de la salle des machines et revenait avec de petits jets de mots rose vif fluant de ses lèvres... Le café aussi avait cette tonalité de si bémol. La main de ma voisine de fauteuil-couchette était plus douceâtre que jamais. Les oiseaux bleus étaient revenus. Hi ! Hi ! Hi ! le rire portugais tombait dans mon cou comme une fine cascade de sucre semoule, me chatouillant à petits grains tellement sucrés que j'en eus la nausée... Je savais pourtant que le moteur de droite était en feu, mais la nausée se fiche pas mal des incendies.

Le pilote apparut. Un sourire était posé à ses commissures comme une fleur de dentifrice. A ce sourire mentholé, je sus qu'il allait se rendre au fond de l'habitacle de notre appareil, la fabrique de crottes de chocolat. Un dialogue chuchoté, arlequin de losanges roses et dentifrice s'éleva. Le pilote revenait, toujours épanoui. La flammèche bleue du moteur était maintenant devenue une grande oriflamme. Le navigateur apparut à son tour, la bouche, le nez et les yeux indifférents, mais à son index et médius gauche qui turlupinaient une cigarette, je sus qu'il se dirigeait vers les urinoirs. L'oriflamme du moteur était maintenant un grand drapeau bleu, noir et rouge. Enfin ! Notre avion était bien en droit d'avoir comme d'autres oiseaux une aigrette de plumes de couleur !... Le radio, quand il s'avança, se mit à parler à la stewardess d'une voix de verre neutre... Rose, tesson de verre, rose, tesson de verre... Il devait avoir la gorge sèche et allait certainement chercher un grand verre d'eau glacée à la machine automatique... J'attendais, sans souci, l'ordre d'abandonner l'appareil, car la folle certitude que rien ne pouvait m'arriver s'incrustait de plus en plus dans ma chair, au fur et à mesure que le danger augmentait... Il ne s'agissait pas de courage, mais simplement de l'avers de la médaille de la peur, la délicieuse inconscience. Un flot de rubans multicolores s'était mis à vibrer dans la carlingue. Mes compagnons de ciel s'étaient enfin rendus compte que notre moteur était en feu. Je me tournai vers ma voisine de fauteuil-couchette : Hi ! Hi ! Hi !...

Nous atterrîmes sur le ventre dans une immense prairie de petites fleurs violettes. Ce n'était rien de grave et l'équipage nous annonça qu'il était en mesure de réparer l'avarie et que nous pourrions repartir dans cinq ou six heures... Les voyageurs avaient retrouvé leur carnation quotidienne. Ils n'étaient plus des hommes entre deux nuages, mais des businessmen précis, des docteurs doctorisants, des gendelettres, des musicastres en face du pupitre, des diplomates à l'heure du *five o'clock tea*, des militaires en pleine opération Cornichon, des retraités, des gens-du-monde... Ils s'affairaient autour des moteurs sur lequel s'agitait l'équipage. Tranquillisés, ils se mirent à pique-niquer dans la prairie, écrasant fleurs et insectes sous leurs derrières plus ou moins importants... A la couleur excitée des voix, je devinai qu'on en était aux souvenirs de voyage. Quant à la stewardess, un interminable filet rose giclait de ses dents.

Je m'étais engagé à fond dans la prairie. Je vis un oiseau noir qui marchait parmi les fleurs. Il ne s'inquiéta pas de moi et continua à faire des courbettes sur la tapisserie végétale, toute une série de mines, de ronds de jambes, un two-step mondain du plus pur style. Le cou et le bec avaient des grâces étranges. C'était certainement quelque artiste de la gent emplumée qui répétait avant la grande première. Je ne le dérangeai pas. Je me dirigeai droit vers un rideau d'arbres. De l'autre côté, il y avait une route, une chaussée en métal blanc, bordée d'arbres en tôle ondulée. Je m'engageai sur cette voie dont les arbres avaient un bouquet terminal en laque japonaise, branches, feuilles et fleurs... Le ciel tout entier était d'une couleur jaune citrine presque verte qui me ravissait. Les nuages devaient être tissés de laine mérinos d'un noir profond. Les oiseaux chantaient, mais je ne les vis pas, clavecins à musique concrète, bruitant mélodieusement à des hauteurs différentes. Une immense voiture en cuivre rouge à forme de fusée apparut. Elle se ruait sur moi. Je me garai. La voiture s'arrêta net, sans bruit, les portes s'escamotèrent. En descendit une autruche à casquette galonnée, uniforme rouge à boutons d'or, pantalon collant couleur émeraude, guêtres noires et souliers de daim blond :

« Au Palais ? interrogea-t-elle.

— Au Palais ! » répondis-je sans hésitation.

Elle m'ouvrit la porte et je m'assis sur la banquette transparente, mousse de verre.

« ... La saison est belle ? demandai-je à mon chauffeur.

— On ne peut pas se plaindre, me répondit-il... Hier, nous avons eu une averse de papillons noirs du plus bel effet. Nous nous sommes tous baignés dans la pluie... Le soir, le spleen du coucher des comètes avait des cendres que nous n'avions jamais encore vues. Ce matin, vous voyez, notre ciel est au beau soufre fixe, mais la météo annonce une tempête de cauchemars... Voulez-vous voir la Télévision des Volcans ?... Le programme n'est pas trop mauvais. Vous n'avez qu'à appuyer sur le bouton indigo qui est à votre droite... »

J'appuyai sur le bouton et, sans écran, je vis la danse des laves, les jets d'eau du feu et les trompettes de jazz des cratères. Mais six motocyclistes avaient entouré notre voiture, six crocodiles casqués et bottés. Ils utilisèrent leurs sifflets qui déchirèrent l'air en lanières, puis se turent. Le chauffeur ralentit. Nous étions devant les grilles du Palais Royal...

Des sirènes retentirent. En effet, dans de grandes vasques orangées dont les paupières aux beaux cils recourbés battaient doucement, se baignaient les sirènes. C'était de vraies sirènes aux belles écailles d'argent. La voiture s'arrêta. Je descendis et le grand chambellan apparut. C'était un jeune tigre aux magnifiques dents claires. Ce devait être le chambellan puisqu'il avait sur la poitrine une panoplie de médailles. Comme je le félicitais de sa belle tenue, il me répondit :

« J'étais au cirque Barnum... J'ai été bien dressé... Quel homme pourrait mieux que moi être le grand chambellan du Roi des Songes ?... Qui pourrait ronronner mieux que moi ?... Le Roi des Songes, comme les autres rois, adore entendre ronronner ses officiers, c'est son faible... Malgré tout, je préfère être le grand chambellan du Roi des Songes que celui du Roi du Pétrole ou de la Saucisse !... Notre roi a plus de fantaisie... Il faut être bien dressé pour servir dans les grandes maisons ! Chez vous, les grands hommes se plaignent de leurs larbins, mais ils oublient qu'on ne peut arriver à bien dresser les hommes !... Pourquoi ne se font-ils pas servir par des tigres ?... Notre souverain est un sage. Tous ceux qui desservent le Palais sortent des plus grands cirques de la terre. Et c'est justice !... Mais je vous confie au maître de cérémonies. Il saura mieux que moi vous renseigner sur les usages de notre beau Royaume des Songes... »

Le maître de cérémonies apparut. C'était un joli petit chien aux longues et soyeuses oreilles. Il jappa joyeusement en me voyant, et tout en me conduisant, il me parla :

« ... Voyez-vous, honorable visiteur, me disait-il, le Royaume des Songes est le plus vieil état du monde, et ce sera bientôt la dernière de toutes les monarchies, qu'elles soient de droit divin ou constitutionnelles, à persister... Heureusement qu'existe encore le Royaume des Songes. Il a son utilité, croyez-moi !... Vos rues, vos villes, vos villages, et même vos contrées dites sauvages, se dépeuplent de plus en plus de songes... Dès que le soir arrive, nous avons plus de deux milliards de touristes qui accourent, chacun a son coin d'élection dans notre royaume et ne s'inquiète pas du reste. Le lendemain, nos visiteurs s'en vont, ils redeviennent comme vos compagnons d'avion. Ils vont à leurs bureaux, à leurs cabinets, à leurs chantiers, à leurs usines ou à leurs champs, et finis les songes dans la vie quotidienne !... Voyez-vous, ce n'est pas que vous ne rêviez point aux Etats-Unis, en Haïti, en Allemagne, en France ou en Afrique, vous rêvez partout et à toute heure, bien sûr... Cependant, vous n'avez pas encore perdu la fâcheuse habitude de vous réfugier au Royaume des Songes quand vous avez envie de rêver !... Aussi, notre Royaume est encombré de tous les songes que caressent les humains depuis l'apparition de votre espèce sur la planète... Mais Sa Majesté vous attend et saura mieux que moi vous dire le reste... »

J'étais abasourdi par tout ce que j'avais vu et entendu. Nous avions rencontré toutes sortes d'animaux affairés, des fonctionnaires du Palais sans aucun doute. Que signifiait tout cela ? J'étais en pleine fantasmagorie et homme positif tel que je suis, ce n'était pas fait pour me tranquilliser... Comme tout le monde, j'ai mes heures de rêve, mais il ne faut pas abuser !... J'entrai chez le Roi des Songes. Surprise nouvelle. Le Roi des Songes n'était pas langoureusement vautré sur un sofa de plumes, buvant des boissons capiteuses et fumant des cigarettes de nirvana, non. Le Roi des Songes ne pêchait pas les oiseaux de sa volière avec des lignes en fil d'araignée et des appâts de mie de pain, poussant des petits cris ravis. Le Roi des Songes n'était pas un Bouddha à six bras accroupi dans l'extase. Le Roi des Songes n'était pas un poète futuriste en crise de paranoïa créatrice. Non, non, non ! Le Roi des Songes n'était ni peintre constructiviste, ni sculpteur de masses et de volumes parfaits, il n'était pas entouré de couleurs bien mariées ou d'oiseaux en plume de glace... J'étais surpris. Le Roi des Songes me reçut dans son immense bibliothèque aux livres bien rangés. D'immenses graphiques se détachaient sur les murs, toutes les couleurs étaient ternes. Devant le bureau de travail, il y avait une petite table basse et trois fauteuils à peine confortables.

Le Roi des Songes était un homme grisonnant, peut-être soixante ans, visage affable, calme, réfléchi. Nulle exaltation, nul endormissement dans le regard. Vêtu d'un simple complet beige, il allait et venait devant les rayons, les fouillant, tirant sans arrêt sur sa pipe.

« ... Entrez ! Entrez ! me cria-t-il. La bienvenue au Royaume des Songes ! Excusez-moi, mais je finis de noter une référence... Asseyez-vous ! Faites comme lorsque vous rêvez !... Je suis à vous dans une minute. Prenez un verre en attendant. Le rhum est sur la table... Du *Barbancourt* comme vous pouvez le voir !... »

Mon étonnement ne connaissait plus de bornes. Je m'assis, examinant d'un œil curieux la pièce où je me trouvais. Tout y était d'une extrême simplicité, nulle recherche, mais de bon ton et pratique... Le Roi des Songes ferma son livre, le rangea soigneusement dans la bibliothèque, puis vint à moi souriant, la main tendue.

« ... Je suis heureux de vous voir, heureux que vous me rendiez visite !... Nous recevons beaucoup de touristes comme vous le savez, mais ils ne demandent jamais à voir le Roi des Songes... Je me demande même si vous aviez bien voulu me voir... Peut-être n'est-ce qu'un accident qui me vaut le plaisir de vous rencontrer ?... Mais peut-être êtes-vous journaliste et voulez-vous m'interviewer ?... Pour le *New York Herald*, *Time Magazine*, *New Stateman and Nation*, *la Pravda*, *Ren Min Ri Bao*, *Haïti Journal*, *Yokohama Sun* ou *France-Observateur ?...* »

J'eus un geste de dénégation, j'ouvris la bouche, mais l'alerte et volubile monarque ne m'en laissa pas le temps...

« ... Cela n'a d'ailleurs aucune importance... Voyez-vous, il faut que je vous explique... D'abord, je ne suis pas exactement ce que vous semblez croire. Bien sûr, bien sûr, je suis roi, mais je suis un roi démocrate... Presque un roi républicain... Pas encore, mais ça viendra !... »

Je tentai de protester de mon absence de préjugés et de faire comprendre au Roi des Songes que je ne venais pas pour me mêler des affaires intérieures de son Etat, mais ce diable d'homme ne me laissa pas parler...

« ... Figurez-vous, enchaîna-t-il, que quand feu le roi, mon père régnait, c'était encore une monarchie absolue... Oh ! Ce n'était pas qu'il fût un mauvais homme, mais il était persuadé qu'il lui appartenait de décider du rêve des hommes... Il voulait bien le rêve, mais c'est tellement difficile de réaliser le rêve !... Ce qui est arrivé, c'est que mon père distribuait une ration de rêve de plus en plus importante à chacun de ses sujets, mais comme les hommes ont le rêve large, ce n'était jamais assez et cela ne correspondait pas exactement à ce qu'ils voulaient... Cependant, il m'a facilité la tâche, incontestablement...

— Votre Majesté..., interrompis-je.

— Laissez-moi parler, jeune homme !... Vous aurez tout le temps de me poser des questions et les lecteurs de votre journal ne seront pas lésés... *Esquire* ou *Punch*, m'avez-vous dit ?... Bref !... D'ailleurs, je n'en ai plus beaucoup à dire. Je sais, je parle beaucoup... Donc, quand j'accédai au trône, je me posai cette question : « Pourquoi suis-je Roi des Songes ?... » Pour que les hommes aient leur content de rêves, pardi ! Quelle était la réalité ?... Quand, fourbus, ils revenaient de l'usine, des champs, du chantier ou du bureau, les hommes avaient bien leur musette de songes sur le dos, mais qu'est-ce que cela avait à voir avec la réalité quotidienne ?... Pas grand-chose ! Ils répétaient tous que la réalité n'est pas la sœur du rêve... Je décidai que je demeurerais le Roi des Songes, mais que la réalité devrait être la sœur du rêve... Un projet ambitieux comme vous pouvez le constater, mais qui n'est pas complètement utopique... Suivez-moi bien !... Je décidai que je serais le Prince des Crânes-Fêlés, l'Organisateur du Rêve humain, le Planificateur du Songe, le Libérateur des Beaux Désirs, le Commissaire à l'Utopie, l'Ingénieur de la Fantaisie !... Pour réaliser mon objectif, je divisai mon travail en trois grandes tâches... La première était d'organiser mon royaume de telle manière qu'il ne soit pas à la merci du caprice de quelque conquérant à courtes vues qui se proposerait d'annexer la dernière place forte où l'homme qui rêve peut se réfugier... Ce qui vous tue, voyez-vous, mon ami, c'est la courte vue, la myopie... Donc, il fallait fortifier mon royaume, l'organiser pour qu'il soit inexpugnable, afin de préparer l'Age du Rêve après celui de la Pierre, du Feu, des Métaux, de l'Electricité, de l'Atome, que sais-je encore !... Ce n'était pas une chose facile, je me suis arraché les cheveux bien des fois à cet effet, mais c'était ma première grande idée royale et j'y tenais, j'y tiens... Il fallait en deuxième lieu, fédérer les rêves des hommes... Parfaitement, les fédérer !... Trouver, selon le moment, les moyennes des rêves de l'humanité. Vous me direz peut-être que les rêves, quand ils sont calculés, ne sont plus des rêves, mais si j'échoue, je donnerai volontiers ma place à qui voudra la prendre !... Je considérai que si les hommes apprenaient à se raconter pendant la journée les rêves qu'ils faisaient la nuit, ils pourraient faire de leurs rêves des faisceaux de rêves, des revendications de rêves... Cela ne marche pas bien vite, bien sûr, mais regardez autour de vous et vous me direz si bien des choses, qui, il n'y a pas longtemps, étaient du domaine de l'utopie ne sont pas aujourd'hui bien vivantes... Personne ne s'en offusque plus !... Petit à petit, le Roi des Songes fait le nid du Rêve !... Un jour, vous verrez, dans tous les pays, vos peuples debout avec des calicots, des drapeaux de toutes couleurs et de toute fantaisie... Ce sera la grande Révolution du Rêve, le début de l'Age du Rêve... Enfin, ma dernière grande idée royale, c'est la guerre... Oui, parfaitement ! la guerre ! Il faut en effet que le Royaume du Rêve périsse pour que triomphe le rêve sur la terre ! Je conspire la propre disparition de mon état. C'est fou, c'est insensé, mais c'est comme ça !... En effet, sous prétexte que le Royaume du Rêve existe, vous acceptez de vous contenter de quelques petites évasions, de quelques petits sommeils, de quelques petits congés payés du rêve... Le Roi des Songes, lui, veut le rêve à perpétuité, c'est son métier !... Mais je dois vous dire quelle guerre je prépare.

Comme vous le savez, j'ai ici l'immense réserve des rêves que l'humanité a entreposés dans ce royaume au long des âges... Je déclare la guerre, tous les ennemis du rêve m'attaquent de toutes parts, je fais éclater alors l'immense réserve cosmique de rêves, telle une de vos bombes actuelles... Plus puissante encore peut-être, je ne sais pas, mes calculs ne sont pas achevés... Le Royaume du Rêve disparaît en une fraction de seconde et tous les rêves qui sont indestructibles, se répandent sur toute la surface du globe, dans l'éther, dans toute la Voie Lactée, et peut-être plus loin, que sais-je !... Le Rêve se mêlera alors à la réalité. L'union des contraires sera réalisée, ce qui semblait inconciliable apparaîtra alors comme le revers et l'avers d'une même médaille... Ce sera alors la fin du Royaume des Songes !... Vous voyez que je suis vraiment un roi futuriste, un roi républicain !...

— ... Cependant, Majesté, je voudrais bien vous demander. Tout ce que j'ai vu... cette prairie de fleurs violettes, ces routes et ces arbres de métal, la couleur du ciel, les gens de votre Maison Royale, ces averses de papillons noirs, la Télévision des Volcans, ces sirènes... Il faut encore que vous m'expliquiez cela !...

— Pff !... De la bagatelle !...

— Mais encore, Majesté ?... »

Le Roi des Songes tira sa montre de son

gousset, la regarda, et la remit à sa place. Etait-il embarrassé par ma question ?...

« ... Il ne me reste que peu de temps, dit-il... Mon conseil des ministres va bientôt se réunir...

— Majesté, je serais vraiment désolé de ne pas savoir... »

Le Roi éclata de rire :

« ... Enfin, je vais essayer de vous le dire en quatre mots... Seuls les animaux pouvaient m'aider à organiser le Royaume du Rêve. Vous autres, hommes, vous êtes trop intelligents, trop pressés, sinon trop bêtes... Le manque de rêves ou trop de rêve à la fois abêtit... Les bêtes, elles, ont le rêve large, mais prudent... Voilà pourquoi je les ai choisies comme collaborateurs...

— Mais ce que j'ai vu, Majesté ?...

— Ce que vous avez vu ? Mais c'est pour mes bêtes !... Vous croyez que les bêtes n'ont pas leurs revendications de rêves ?... Je vais vous l'avouer entre nous... Que voulez-vous ! Ils veulent tout ce que vous avez vu, alors je suis bien obligé de le leur en donner !... Je me casse la tête à chercher les secrets de fabrication des maudits rêves qu'ils réclament, et ce n'est pas facile... Je parie qu'ils vous en ont parlé avec réticence !... Enfin... Je suis obligé de m'enfiler tout Calcul intégral, Mécanique céleste, astrophysique, que sais-je encore ! Et ils ne sont jamais complètement satisfaits !... Quel métier !...

— Majesté, une dernière question...

— Ça non ! J'ai assez parlé !... Je suis en retard pour mon conseil des ministres ! Sacré Bon Dieu !... Je vais encore me faire engueuler !... L'âne surtout, le Ministre des Revendications, il va braire !... Au revoir !...

— ... Majesté !... Etes-vous bien sûre que vos trois grandes idées royales ne sont pas..., comment dirais-je ?... des rêves ?...

— Vous alors !... Ainsi vous voulez m'empêcher de rêver ?... Je n'en ai pas le droit, moi ?... De quoi vivrais-je, moi, monsieur le marchand d'histoires et de fantaisies ?...

J'avais perdu la parole de stupéfaction. Le Roi des Songes fébrilement ramassait des papiers sur son bureau. Je me levai. Il partait au trot. Au moment où je passais la porte, il me cria cependant :

« ... N'oubliez pas ! Dans vos histoires, beaucoup de fantaisie, il en faut ! Mais n'oubliez pas que le rêve humain demande à être organisé... L'Age du Rêve est devant vous, faites de votre mieux pour m'aider !...

... Notre Constellation approche de la grande termitière, la grande cité tentaculaire... L'écran s'allume ;

« ... *Fasten seat belts...* »
« ... Attachez vos ceintures... »
« ... *Abrochad sus cinturones...* »

La grande cité, l'énorme cité mangeuse de rêve, la dévoreuse de songe, la croqueuse d'illusions, la grande métropole matérialiste est au-dessous de nous. Couverte de néon, d'affiches qui s'éteignent et s'allument, fantasmagorie de couleurs, éclipses de carrés lumineux noirs et blancs, échiquier embrasé... Les voitures comme des petites tortues rampent derrière le jet blafard de leurs deux yeux nyctalopes... Les fourmis humaines s'agitent... La grande cité ressemble à une énorme fleur de rêve, mais plus elle s'avance, vertigineuse, plus elle perd peu à peu son caractère irréel pour devenir, l'absurde, l'inhumaine, la terrible ennemie de l'Imaginaire...

La Guardia-Field est là... Nous touchons le sol. Le praticable est avancé. Mes compagnons de nuages ont tous des visages soucieux et anonymes, ils descendent à la queue leu leu les marches. La stewardess me suit. En touchant le sol, je me retourne vers elle et lui dit :

« ... Merci pour le beau voyage que vous nous avez procuré. Vous avez été parfaite !... L'Age du Rêve est devant nous... »

Elle a dû me prendre définitivement pour fou. Elle s'est contentée d'émettre un petit bout de ruban rose à travers les dents... Elle court et tout à l'heure, dans la chaleur d'un foyer, elle redeviendra une femme comme les autres...

Au fait, je me le rappelle maintenant, j'allais à New York !... Mais il est là-bas une misérable petite île, une île-fée, où le soir, à la veillée, le Vieux Vent Caraïbe se balance, où les « composes » et les tireurs de contes rivalisent, sous les yeux écarquillés des enfants, les prunelles fatiguées mais radieuses des adultes, chantant des rêves et des merveilles que le Roi des Songes essaie de fédérer...

« ... Neveu, me dit le Vieux Vent Caraïbe, ta fantaisie a quelque chose d'amer qui me trouble... Certes, je passe dans les villes, mais je suis toujours resté un habitant des mornes et des campagnes... En traversant ces grandes cités, j'ai vu des choses qui m'ont plu, mais j'ai aussi senti une étrange âcreté dans l'air... Je n'ai pas beaucoup voyagé, quoique me baladant sans cesse d'île en île jusqu'au continent, aussi j'ai toujours hésité à en parler... Je connais seulement le vieil art, je conte et me contente de conter ce que je sais... Pour rester fidèles à la tradition, il est cependant vrai que nous devons chanter la vie, toute la vie... J'avoue que j'ai toujours brodé et rebrodé les vieilles histoires. Je me demande si, dans mes Dits, mes Romances et mes Contes chantés, je n'ai pas négligé certaines choses tout à fait nouvelles qui méritent d'être chantées... Qu'on

les néglige et le vieil art perdra de jour en jour de son intérêt, il ne faudrait pas... Mais la vie change, je ne comprends pas toujours tout et me fais vieux. Aussi je m'en vais te dire :

LA ROUILLE DES ANS

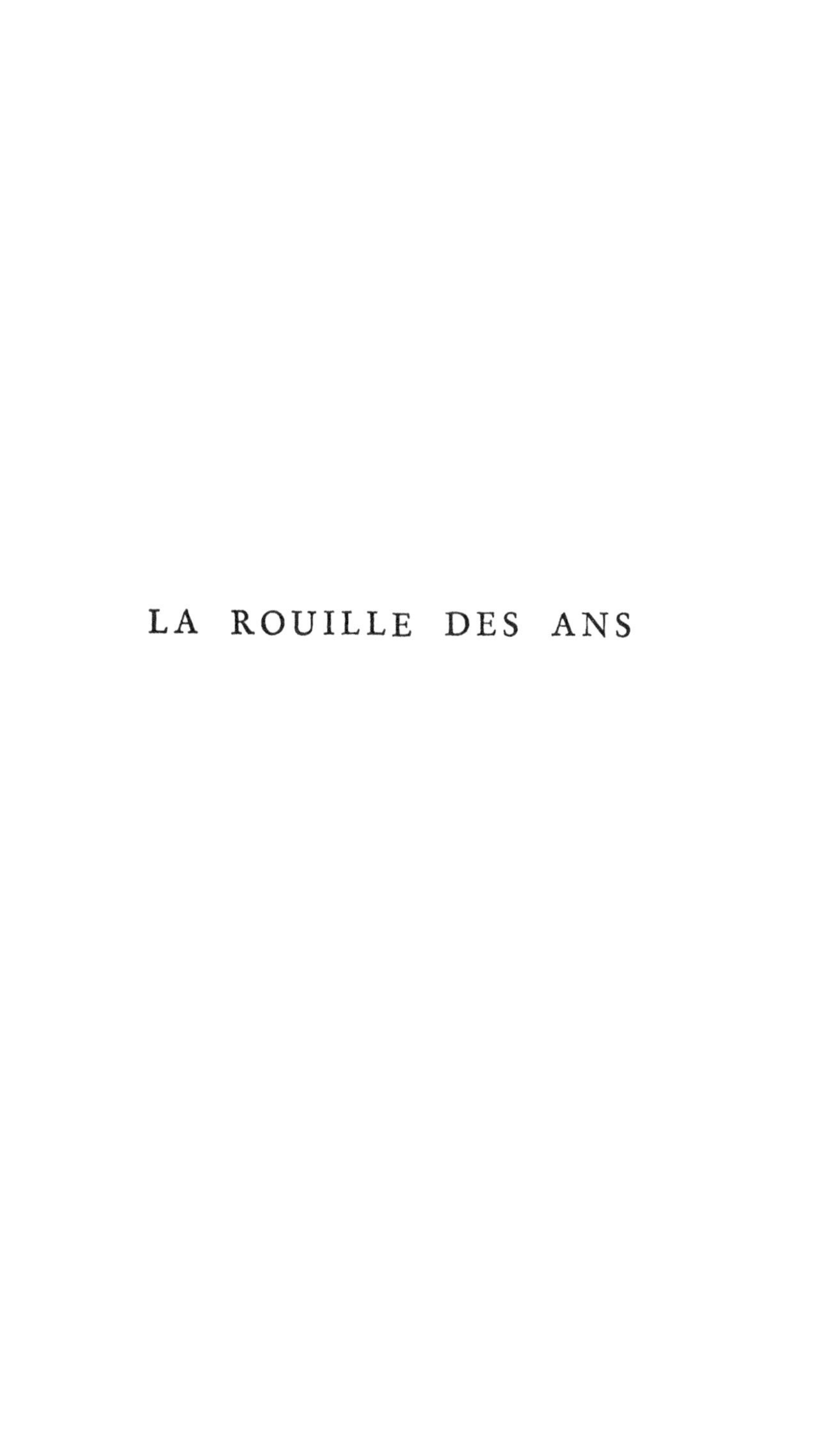

LA ROUILLE DES ANS

Une fois, à la bruine du soir, passant près d'une grande mare, j'entendis tout un remue-ménage dans les roseaux, les nénuphars et autres plantes aquatiques. Je suis curieux, fouineur, mais comme on ne m'en a jamais trop tenu rigueur, je continue. Je m'approche donc, mine de rien, l'oreille furtive, avec l'air de baguenauder. Quand ils se préparent à travailler, je n'ai jamais vu animaux qui aiment plus chanter que les crapauds. Quel concert, mes aïeux !... Des voix de toutes sortes, de belles voix graves, des basses chantantes, des sonorités sépulcrales, des organes sourds et nobles comme celui de notre grand, de notre royal tambour assotor, des voix amples comme l'écho des montagnes, peut-être aussi quelques voix qui avaient un peu perdu de leur éclat et de leur puissance, quelques voix un peu ébréchées, éraillées, pas tout à fait justes, mais dans l'ensemble ça chantait avec un tel entrain, une telle profondeur, une telle force et une telle beauté que j'en demeurai saisi. Je restai là sans pouvoir m'en aller.

« ... Croah !... Croah !... Croah !... »

On dit du mal du chant des crapauds, mais je crois qu'il y a tout un art dans leur musique. D'ailleurs, s'ils ne trouvaient pas cela beau, ils ne chanteraient pas. La beauté, c'est avant tout ce qu'il y a dans notre cœur... Donc, ils chantaient sans arrêt, à tue-tête, avec un tel allant que dans le soir tout fleuri d'astres et d'étoiles, cela avait une vraie grandeur. La mare rivalisait avec le ciel et étalait ses plus belles moires, ses plus précieux satins, ses lourds brocarts d'or et d'argent, toute une splendeur endeuillée mais combien brillante et diamantée. L'orchestre des crapauds chantait sans arrêt sous la conduite d'un « simidor », d'un chef de musique, un crapaud violet qui agitait en cadence sa baguette au-dessus de l'eau croupissante, noire, verte et frisottée de lumières.

« ... Cro-ah !... Cro-ah !... Cro-ah !... »

Je remarquai bientôt que le « simidor », le crapaud violet, devenait de plus en plus impatient, de plus en plus nerveux. A un certain moment il tapa si violemment sa baguette sur une fleur de nénuphar que quatre ou cinq crapauds baissèrent la tête. Parmi eux je distinguai un crapaud gris fer, très sombre, un crapaud olivâtre. et un crapaud vert bleuté. Ils continuèrent cependant à chanter, avec précaution, évitant de trop lancer leur voix, prenant garde de briser la cadence, attentifs et contractés... Le chef, le crapaud violet se calma peu à peu et le concert se poursuivit avec plus d'ampleur et de beauté.

« ... Cro-ah !... Cro-ah !... Cro-ah !... »

Je ne sais comment je ne le vis pas immédiatement, mais un deuxième crapaud se tenait à côté du « simidor » violet, un crapaud rougeâtre. Parfois ce crapaud rouge chuchotait à l'oreille du crapaud violet. Je n'arrivai pas à entendre ce qu'ils disaient, mais à ces moments-là, la baguette du chef changeait de tempo et la chorale repartait avec une cadence nouvelle, plus fracassante, plus balancée, plus rythmée. Je ne dirai pas que c'était mélodieux, tout le monde ne serait pas d'accord, mais c'était sans conteste harmonieux.

« ... Cro-ah !... Cro-ah !... Cro-ah !... »

J'étais fort intéressé. Depuis les siècles et lès siècles que j'entends chanter les crapauds, je m'y connais !... Je suis bien placé pour dire que je n'avais pas affaire à un banal orchestre de crapauds ignorants. Sincèrement, cette compagnie était remarquable. C'est alors que je vis parmi les roseaux un énorme crapaud roux, d'un roux profond, effondré sur une feuille de nénuphar. Il semblait faire quelque chose, mais je ne me rendis pas compte de quoi. L'orchestre s'exaltait de plus belle et j'écoutais tout ravi quand je vis le gros crapaud roux s'approcher du crapaud rouge et lui tendre un bout de feuille.

« ... Cro-ah !... Cro-ah !... Cro-ah !... »

Le crapaud rouge examina la feuille, puis fit signe au crapaud violet, le « simidor ». Le chef d'orchestre abaissa la baguette et l'orchestre s'arrêta un instant. Le « simidor » violet examinait à son tour la feuille, il prit connaissance de ce qu'il y avait écrit dessus et peu après il reprenait la baguette et l'orchestre se lançait de nouveau. Cela devint tonitruant, d'une force, d'une variété telle que j'en demeurai abasourdi.

« ... Crr-crr-crro-ah !... Croaho !... Crr-crr-crro-ah !... Cro-ah ! Croah ! Croah !... »

L'orchestre joua longtemps. Tout le monde semblait ravi. Je restai là attentif, mais l'heure du souper approchait. La musique s'arrêta brutalement. Un crapaud gris clair s'était dressé. Il se mit tout à coup à sauter et à crier :

« ... Crapauds !... Venez chercher de l'eau !... »

Tous les crapauds se précipitèrent, avec plus ou moins de célérité, mais ils vinrent tous, le crapaud gris fer, le crapaud olivâtre, le crapaud vert bleuté, le crapaud violet, le crapaud rouge. Tous, sauf le roux. L'avisant alors le crapaud gris clair lui cria :

« ... Grand-papa crapaud !... Venez chercher de l'eau ! Vous aussi !...

— ... Je suis malade !... », bredouilla le crapaud roux.

Tous les crapauds se mirent à regarder le crapaud roux tout en charriant l'eau dans des morceaux de feuille de nénuphars pour la vider dans la casserole. Quand l'opération fut achevée, le crapaud gris clair se mit encore à sauter, puis il cria :

« ... Crapauds !... Venez allumer le feu !... »

Tous les crapauds se précipitèrent. Les uns brandissaient des allumettes, d'autres des morceaux de cadasses, du petit bois, du gros bois et ils entourèrent la casserole. Le crapaud roux ne s'était pas levé. Le crapaud gris clair lui cria alors d'une voix rogue :

« ... Grand-papa crapaud !... Venez allumer le feu ! Vous aussi !...

— ... Je suis malade !... »

La compagnie entière se mit à sourire ironiquement. La casserole pleine d'eau était sur le feu et commença à bouillir. Les crapauds à qui mieux mieux soufflaient sur les braises avec entrain. Le crapaud gris se dressa encore, se mit à sautiller et cria :

« ... Crapauds!... Venez brasser la soupe!... »

Qui prit sa cuiller, l'autre une louche, quel une longue baguette, mais tout le monde obéit. Tous sauf le crapaud roux et quand on s'adressa à lui pour venir brasser la soupe, il répondit encore :

« ... Je suis malade !... »

Alors tous les crapauds éclatèrent de rire. L'hilarité fut telle qu'elle ne s'arrêta que quand le crapaud gris clair eut crié :

« ... Crapauds !... Venez manger !... »

Une bousculade extraordinaire eut lieu autour de la casserole. Tu sais comme les crapauds sont gourmands ! Leurs yeux luisaient, ils ouvraient des bouches larges comme des soucoupes agitant les fanons mous de leur gorge claire. Stupéfaction, on vit le crapaud roux quitter sa place tant bien que mal dans les roseaux et s'approcher. Il disait :

« ... Croah !... Le corps se débattra pour manger !... Croah ! Le corps se débattra !... »

Le fou rire fut tel que toute la mare se mit à frissonner, que les étoiles du ciel elles-mêmes tremblaient dans la mare.

« ... Quel paresseux que ce crapaud roux ! répétait-on.

— Quel paresseux !... »

Le crapaud roux mangea en silence sa part de soupe, puis il regagna son coin dans les roseaux. Personne ne s'occupa plus de lui. Tandis que toute la compagnie s'apprêtait à dormir, moi Vieux Vent Caraïbe je m'approchai et m'adressant au crapaud roux, je lui dis :

« ... Compère, c'est moi le Vieux Vent Caraïbe, l'ami de tous... Serait-il indiscret de vous demander pourquoi vous n'êtes pas allé aider à apprêter la soupe commune ?... Vous avez certainement de bonnes raisons...

— Quoi ?... Parlez plus fort !... »

Je répétai ma question plusieurs fois, mais pour me faire entendre, je dus hurler aux oreilles du crapaud roux. Il me regarda alors, secoua la tête et me dit :

« ... Vous n'avez donc pas vu ma couleur ?...

— Votre couleur ?...

— Hélas ! je suis un crapaud roux !...

— ... Je ne comprends pas !...

— Si vous aviez bien regardé vous auriez vu que presque tous les crapauds de cette compagnie sont gris, plus ou moins foncés, mais gris... A part quelques-uns naturellement, le gris ardoisé, l'olivâtre, le vert bleuté, le violet, le rouge et moi-même qui suis roux... Moi, je suis un paresseux parce que je suis un crapaud roux... Un paresseux, vous entendez bien ?... »

Il se mit à pleurer à chaudes larmes. Je le consolai tant et si bien, que, le pressant de questions, il consentit à m'expliquer ce mystère. Il me regarda avec ses grands yeux fauves, les essuya tristement et me déclara :

« ... N'avez-vous pas remarqué pendant le concert que quatre ou cinq crapauds ont fait des fausses notes ?... Eh bien, ils n'étaient pas gris !... A un certain moment, j'étais moi-même gris comme tout le monde, le plus cendré, un des plus beaux de tous les crapauds de cette compagnie... Ah ! quelle époque !... Non seulement cette mare, mais tous les canaux, toutes les lagunes de la région retentissaient du bruit de mes frasques et de mes aventures ! Je n'avais peur de rien et mes bonnes fortunes ne se comptaient plus. Un jour, on ne sait trop pourquoi, mais on remarque qu'on n'a pas le cœur à chanter tous les soirs... La voix est toujours juste et la couleur nette, mais c'est comme ça !... Oh ! On fait encore quelques folies dans les nénuphars, les mousses et les roseaux. On poursuit encore la grenouille, mais on décide de faire une fin, car on préfère la tranquillité... On choisit sa crapaude... On chante toujours avec la chorale, ça va, mais on commence à être jaloux... La jalousie, c'est ainsi que cela commence pour tout de bon... Alors on remarque qu'on est gris fer, ardoisé comme ce crapaud qui faisait des fausses notes... La sagesse vient avec des feux soudains qui se rallument et puis s'éteignent brusquement... On donne des conseils à droite et à gauche, on est docte, on est savant, on est devenu un crapaud olivâtre... Mais on fait de plus en plus de fausses notes pendant le concert. Pourtant on est riche d'un trésor de savoir et d'expérience, on voudrait refaire les œuvres qu'on a déjà accomplies. L'esprit s'en est allé s'aiguisant, s'enrichissant, on comprend toutes les facettes de la vie, on connaît tous les secrets du plain-chant, mais la force et la voix vous manquent de plus en plus. On est un crapaud vert bleuté... Puis on a de moins en moins envie de voir les gens et on fait de plus en plus de fausses notes dans le concert. Je compris qu'il me fallait abandonner l'opéra, d'ailleurs on me le fit suffisamment comprendre. J'étais devenu violet... Je pris la baguette et je conduisis l'orchestre... On a une science consommée et le tempo vous vient presque tout seul. Si vous saviez cependant quelle offensive mènent les souvenirs à cette époque ! Ils vous viennent de partout, par bouffées, comme le parfum secret des nénuphars... Un jour, j'avais ma crapaude à mes côtés, ma crapaude que la rouille des ans mangeait avec moi, à qui je confiais mes pensées, avec qui j'évoquais mes souvenirs et qui me voyait toujours comme le beau crapaud gris cendré que j'étais naguère... Un jour, vous dis-je, une pierre est tombée dans la mare... Elle a fait un plouf dans l'eau et j'ai sauté pour me garer... Je suis revenu, mais j'ai eu beau chercher, ma crapaude avait disparu, j'étais seul... Je suis devenu maussade, chimérique, tout me contrariait et je remarquai que je n'avais plus besoin de personne pour causer... Je parlais seul. On me fit remarquer que je dirigeais de moins en moins bien, car il m'était devenu difficile de remuer les bras... J'étais devenu un crapaud rouge, j'abandonnai la baguette, mais l'oreille étant demeurée très sensible et ma science musicale étant consommée, je demeurai à côté du nouveau chef, un « simidor » violet qui avait bien du talent... J'ai de moins en moins compris le temps, tout me contrariait, je retrouvais à redire à tout... La mare n'avait plus la même odeur. Les mortes-saisons avaient définitivement desséché le vieux canal où j'aimais à aller me promener. Et puis la campagne n'avait plus le même parfum car on ne plantait plus du riz dans la région, mais du maïs... Les jeunes aussi changeaient de mœurs, je ne les compris plus... Ils me raillèrent. Je m'irritai. Je me rebellai... A un certain moment je ne me rebellai plus... La rouille des ans faisait son œuvre... J'acceptai mon sort, je regardais passer les eaux, j'écoutais glisser les heures avec de moins en moins l'envie de remuer... Je perdis l'oreille, presque sourd et j'étais de plus en plus paralysé... J'étais un crapaud roux et j'abandonnai ma place près du chef d'orchestre qui lui-même avait changé... L'appétit véritable s'en est allé avec le mouvement, mais on éprouve de temps en temps encore le besoin de manger... D'ailleurs, manger vous arrache le cœur, car on sait qu'on a de moins en moins mérité son morceau... Et les temps sont durs ! Comme je compose de temps en temps encore un peu de musique, j'ose aller manger... On se moque de moi parce que je n'aide pas à faire bouillir la marmite... On m'appelle paresseux et c'est vrai puisque je suis un crapaud roux... D'ailleurs j'ai peur de presque tout, presque de bouger. On regarde un jeune têtard qui passe dans la mare avec éblouissement. On voudrait le protéger, lui dire, lui apprendre, mais il ne vous écouterait même pas... La rouille des ans !... Tout se mêle en un étrange composé : souvenirs, regrets, peurs, amours, émotions, incompréhension, révoltes, abandon... La rouille des ans... Et ce n'est pas fini !...

— Comment ? répondis-je curieux comme je suis Vieux Vent Caraïbe.

— Bien sûr... D'ailleurs, si vous voulez tout savoir, pourquoi est-ce à moi que vous vous adressez ? Pourquoi ne demandez-vous pas au crapaud qui ne mange plus ?...

— Le crapaud qui ne mange plus ?

— Bien sûr !...

— ... Je n'en ai pas vu !...

— Vous n'en avez pas vu ? Et ça, qu'est-ce que c'est ?

— Quoi ? Cette grande feuille morte ?...

— Vous avez déjà vu des feuilles mortes en cette saison ?... Regardez bien, c'est un crapaud... Il est, c'est juste, couleur de feuille morte. C'est ça la rouille des ans... Bientôt je serai comme lui... Un jour, on trouve un crapaud crevé et ça pue !... Ça pue terriblement un crapaud crevé !... Il n'est même plus une feuille morte, plus que rouille et puanteur... Oui, c'est cela la rouille des ans !... »

AUDIENCE...

La voix du Vieux Vent Caraïbe tombait lentement avec des teintes tellement sombres que je protestai :

« ... Allons, tonton !... Reprenez-vous que diable !... Vous êtes « compose »... Si le « compose » doit se prendre au jeu, de tout son cœur, il ne doit pas s'y piquer !... Et puis, depuis combien de siècles, sinon des millénaires, — mais ça vous ne le dites pas —, depuis combien de temps vous vous promenez sur la Caraïbe !... Vous n'avez pas à vous plaindre de la brièveté de la vie ni de la rouille des ans, elle ne vous touche guère... Vous êtes mon oncle et je vous dois le respect, mais nous autres humains, que ne pourrions-nous pas dire !... Votre crapaud avait sûrement quelque chose à se reprocher, sinon, il n'aurait pas été si amer, la rouille venue !... Nous nous rouillons, eh bien, rouillons-nous allégrement,

rouillons-nous en riant... D'ailleurs j'aurais un conte à vous chanter à cet égard...

— Adieu, mon « fi » !... La crotte de chien n'a pas de piquants, mais quand on marche dessus, on se met à boitiller !... C'est comme ça !... D'ailleurs, je ne sais pas pourquoi j'ai été raconter cette histoire !... Il y en a tant ! Compère Chien a eu tant d'aventures !... On n'a pas dit une seule histoire sur le Géant Morrocoy, un autre grand paresseux !... Loufré, le serpent, aurait bien mérité une mention également... Quant à la cour du Roi, elle nous a fourni tant de situations extraordinaires que nous aurions dû en évoquer une ou deux... Mais l'heure ordinaire de mon départ approche, je ne puis plus rester ici très longtemps !... Nous avons bien confabulé !

— Tonton, moi je regrette d'avoir négligé les histoires et les légendes du temps de la guerre de l'Indépendance... Je comptais bien que vous auriez évoqué l'histoire d'Henriette Saint-Marc, que vous auriez raconté quelque fameuse nuit de d'joubas dansées par le grand Empereur... La Légende de Maman-Grande, le grand canon de la citadelle me tentait... Les fantaisies du général Jean-Jumeau méritaient d'être rappelées...

— Peut-on tout dire ?... Il y a tant d'histoires, neveu, que si tous les « composes » de l'île entière se mettent à rivaliser sur les histoires et légendes du passé l'on n'en ver-

rait jamais la fin ! Et puis, je dois m'en aller, neveu !... Une prochaine fois, tu reviendras !... Mais attention de ne pas me réveiller trop tôt et surtout, n'amène pas cette maudite pipistrelle aux yeux d'or !...

— ... Tu peux y compter, tonton ! Cependant, avant que vous ne partiez, je veux vous poser une devinette !...

— Vas-y, je t'écoute !...

— ... Je suis général en chef sur mon territoire, portant panache clair... Tous les jours, je fais le tour de ma circonscription... Le soir ma barbe se change en oiseaux et en rêves, ma chair se change en fraîcheur et en frissons, ma voix en vieux parfums, et ces parfums deviennent des souvenirs qui font sourire et songer les hommes !... Qui suis-je ?...

— C'est facile !...

— Mais encore ?...

— C'est un « compose », neveu, ou un grand simidor !...

— ... Le plus grand, tonton ! Le premier !... Le Vieux Vent Caraïbe !... »

DU MÊME AUTEUR

Aux Éditions Gallimard

COMPÈRE GÉNÉRAL SOLEIL, 1955 (L'Imaginaire n° 91).
LES ARBRES MUSICIENS, 1957 (L'Imaginaire n° 371).
L'ESPACE D'UN CILLEMENT, 1959 (L'Imaginaire n° 114).
ROMANCERO AUX ÉTOILES, 1960 (L'Imaginaire n° 194).

Collection **L'Imaginaire**

Axée sur les constructions de l'imagination, cette collection vous invite à découvrir les textes les plus originaux des littératures romanesques française et étrangères.

Derniers volumes parus

376. **Daniel-Henry Kahnweiler** ENTRETIENS AVEC FRANCIS CRÉMIEUX
377. **Jules Supervielle** PREMIERS PAS DE L'UNIVERS
378. **Louise de Vilmorin** LA LETTRE DANS UN TAXI
379. **Henri Michaux** PASSAGES
380. **Georges Bataille** LE COUPABLE suivi de L'ALLELUIAH
381. **Aragon** THÉÂTRE/ROMAN
382. **Paul Morand** TAIS-TOI
383. **Raymond Guérin** LA TÊTE VIDE
384. **Jean Grenier** INSPIRATIONS MÉDITERRANÉENNES
385. **Jean Tardieu** ON VIENT CHERCHER MONSIEUR JEAN
386. **Jules Renard** L'ŒIL CLAIR
387. **Marcel Jouhandeau** LA JEUNESSE DE THÉOPHILE
388. **Eugène Dabit** VILLA OASIS OU LES FAUX BOURGEOIS
389. **André Beucler** LA VILLE ANONYME
390. **Léon-Paul Fargue** REFUGES
391. **J.M.G. Le Clézio** TERRA AMATA
393. **Jean Giraudoux** LES CONTES D'UN MATIN
394. **J.M.G. Le Clézio** L'INCONNU SUR LA TERRE
395. **Jean Paulhan** LES CAUSES CÉLÈBRES
396. **André Pieyre de Mandiargues** LA MOTOCYCLETTE
397. **Louis Guilloux** LABYRINTHE
398. **Jean Giono** CŒURS, PASSIONS, CARACTÈRES
399. **Pablo Picasso** LES QUATRE PETITES FILLES

400. **Clément Rosset** LETTRE SUR LES CHIMPANZÉS
401. **Louise de Vilmorin** LE LIT À COLONNES
402. **Jean Blanzat** L'IGUANE
403. **Henry de Montherlant** LES BESTIAIRES
404. **Jean Prévost** LES FRÈRES BOUQUINQUANT
405. **Paul Verlaine** LES MÉMOIRES D'UN VEUF
406. **Louis-Ferdinand Céline** SEMMELWEIS
407. **Léon-Paul Fargue** MÉANDRES
408. **Vladimir Maïakovski** LETTRES À LILI BRIK (1917-1930)
409. **Unica Zürn** L'HOMME-JASMIN
410. **V. S. Naipaul** MIGUEL STREET
411. **Jean Schlumberger** LE LION DEVENU VIEUX
412. **William Faulkner** ABSALON, ABSALON !
413. **Jules Romains** PUISSANCES DE PARIS
414. **Iouri Kazakov** LA PETITE GARE ET AUTRES NOUVELLES
415. **Alexandre Vialatte** LE FIDÈLE BERGER
416. **Louis-René Des Forêts** OSTINATO
417. **Edith Wharton** CHEZ LES HEUREUX DU MONDE
418. **Marguerite Duras** ABAHN SABANA DAVID
419. **André Hardellet** LES CHASSEURS I ET II
420. **Maurice Blanchot** L'ATTENTE L'OUBLI
421. **Frederic Prokosch** LA TEMPÊTE ET L'ÉCHO
422. **Violette Leduc** LA CHASSE À L'AMOUR
423. **Michel Leiris** À COR ET À CRI
424. **Clarice Lispector** LE BÂTISSEUR DE RUINES
425. **Philippe Sollers** NOMBRES
426. **Hermann Broch** LES IRRESPONSABLES
427. **Jean Grenier** LETTRES D'ÉGYPTE, 1950 suivi d'UN ÉTÉ AU LIBAN
428. **Henri Calet** LE BOUQUET
429. **Iouri Tynianov** LE DISGRACIÉ
430. **André Gide** AINSI SOIT-IL OU LES JEUX SONT FAITS
431. **Philippe Sollers** LOIS
432. **Antonin Artaud** VAN GOGH, LE SUICIDÉ DE LA SOCIÉTÉ
433. **André Pieyre de Mandiargues** SOUS LA LAME

434. **Thomas Hardy** LES PETITES IRONIES DE LA VIE
435. **Gilbert Keith Chesterton** LE NAPOLÉON DE NOTTING HILL
436. **Theodor Fontane** EFFI BRIEST
437. **Bruno Schulz** LE SANATORIUM AU CROQUE-MORT
438. **André Hardellet** ONEÏROS OU LA BELLE LURETTE
439. **William Faulkner** SI JE T'OUBLIE, JÉRUSALEM. LES PALMIERS SAUVAGES
440. **Charlotte Brontë** LE PROFESSEUR
441. **Philippe Sollers** H
442. **Louis-Ferdinand Céline** BALLETS SANS MUSIQUE, SANS RIEN précédé de SECRETS DANS L'ÎLE et suivi de PROGRÈS
443. **Conrad Aiken** AU-DESSUS DE L'ABYSSE
444. **Jean Forton** L'ÉPINGLE DU JEU
446. **Edith Wharton** VOYAGE AU MAROC
447. **Italo Svevo** UNE VIE
448. **Thomas De Quincey** LA NONNE MILITAIRE D'ESPAGNE
449. **Anne Brontë** AGNÈS GREY
450. **Stig Dagerman** LE SERPENT
451. **August Strindberg** INFERNO
452. **Paul Morand** HÉCATE ET SES CHIENS
453. **Theodor Francis Powys** LE CAPITAINE PATCH
454. **Salvador Dali** LA VIE SECRÈTE DE SALVADOR DALI
455. **Edith Wharton** LE FILS ET AUTRES NOUVELLES
456. **John Dos Passos** LA BELLE VIE
457. **Juliette Drouet** « MON GRAND PETIT HOMME... »
458. **Michel Leiris** NUITS SANS NUIT
459. **Frederic Prokosch** BÉATRICE CENCI
460. **Leonardo Sciascia** LES ONCLES DE SICILE
461. **Rabindranath Tagore** LE VAGABOND ET AUTRES HISTOIRES
462. **Thomas De Quincey** DE L'ASSASSINAT CONSIDÉRÉ COMME UN DES BEAUX-ARTS
463. **Jean Potocki** MANUSCRIT TROUVÉ À SARAGOSSE
464. **Boris Vian** VERCOQUIN ET LE PLANCTON
465. **Gilbert Keith Chesterton** LE NOMMÉ JEUDI

466. **Iris Murdoch** PÂQUES SANGLANTES
467. **Rabindranath Tagore** LE NAUFRAGE
468. **José Maria Arguedas** LES FLEUVES PROFONDS
469. **Truman Capote** LES MUSES PARLENT
470. **Thomas Bernhard** LA CAVE
471. **Ernst von Salomon** LE DESTIN DE A.D.
472. **Gilbert Keith Chesterton** LE CLUB DES MÉTIERS BIZARRES
473. **Eugène Ionesco** LA PHOTO DU COLONEL
474. **André Gide** LE VOYAGE D'URIEN
475. **Julio Cortázar** OCTAÈDRE
476. **Bohumil Hrabal** LA CHEVELURE SACRIFIÉE
477. **Sylvia Townsend Warner** UNE LUBIE DE MONSIEUR FORTUNE
478. **Jean Tardieu** LE PROFESSEUR FRŒPPEL
479. **Joseph Roth** CONTE DE LA 1002^{E} NUIT
480. **Kôbô Abe** CAHIER KANGOUROU
481. **Rainer Maria Rilke, Boris Pasternak, Marina Tsvétaïeva** CORRESPONDANCE À TROIS
482. **Philippe Soupault** HISTOIRE D'UN BLANC
483. **Malcolm de Chazal** LA VIE FILTRÉE
484. **Henri Thomas** LE SEAU À CHARBON
485. **Flannery O'Connor** L'HABITUDE D'ÊTRE
486. **Erskine Caldwell** UN PAUVRE TYPE
487. **Florence Delay** MINUIT SUR LES JEUX
488. **Sylvia Townsend Warner** LE CŒUR PUR
489. **Joao Ubaldo Ribeiro** SERGENT GETULIO
490. **Thomas Bernhard** BÉTON
491. **Iris Murdoch** LE PRINCE NOIR
492. **Christian Dotremont** LA PIERRE ET L'OREILLER
493. **Henri Michaux** FAÇONS D'ENDORMI, FAÇONS D'ÉVEILLÉ
494. **Meša Selimović** LE DERVICHE ET LA MORT
495. **Francis Ponge** NIOQUE DE L'AVANT-PRINTEMPS
496. **Julio Cortázar** TOUS LES FEUX LE FEU
497. **William Styron** UN LIT DE TÉNÈBRES
498. **Joseph Roth** LA TOILE D'ARAIGNÉE

499. Marc Bernard VACANCES
500. Romain Gary L'HOMME À LA COLOMBE
501. Maurice Blanchot AMINADAB
502. Jean Rhys LA PRISONNIÈRE DES SARGASSES
503. Jane Austen L'ABBAYE DE NORTHANGER
504. D. H. Lawrence JACK DANS LA BROUSSE
505. Ivan Bounine L'AMOUR DE MITIA
506. Thomas Raucat L'HONORABLE PARTIE DE CAMPAGNE
507. Frederic Prokosch HASARDS DE L'ARABIE HEUREUSE
508. Julio Cortázar FIN DE JEU
509. Bruno Schulz LES BOUTIQUES DE CANNELLE
510. Pierre Bost MONSIEUR LADMIRAL VA BIENTÔT MOURIR
511. Paul Nizan LE CHEVAL DE TROIE
512. Thomas Bernhard CORRECTIONS
513. Jean Rhys VOYAGE DANS LES TÉNÈBRES
514. Alberto Moravia LE QUADRILLE DES MASQUES
515. Hermann Ungar LES HOMMES MUTILÉS
516. Giorgi Bassani LE HÉRON
517. Marguerite Radclyffe Hall LE PUITS DE SOLITUDE
518. Joyce Mansour HISTOIRES NOCIVES
519. Eugène Dabit LE MAL DE VIVRE
520. Alberto Savinio TOUTE LA VIE
521. Hugo von Hofmannsthal ANDRÉAS ET AUTRES RÉCITS
522. Charles-Ferdinand Ramuz VIE DE SAMUEL BELET
523. Lieou Ngo PÉRÉGRINATIONS D'UN CLOCHARD
524. Hermann Broch LE TENTATEUR
525. Louis-René Des Forêts PAS À PAS JUSQU'AU DERNIER
526. Bernard Noël LE 19 OCTOBRE 1977
527. Jean Giono LES TROIS ARBRES DE PALZEM
528. Amos Tutuola L'IVROGNE DANS LA BROUSSE
529. Marcel Jouhandeau DE L'ABJECTION
530. Raymond Guérin QUAND VIENT LA FIN
531. Mercè Rodoreda LA PLACE DU DIAMANT
532. Henry Miller LES LIVRES DE MA VIE

533. **R. L. Stevenson** OLLALA DES MONTAGNES
534. **Ödön von Horváth** UN FILS DE NOTRE TEMPS
535. **Rudyard Kipling** LA LUMIÈRE QUI S'ÉTEINT
536. **Shelby Foote** TOURBILLON
537. **Maurice Sachs** ALIAS
538. **Paul Morand** LES EXTRAVAGANTS
539. **Seishi Yokomizo** LA HACHE, LE KOTO ET LE CHRYSANTHÈME
540. **Vladimir Makanine** LA BRÈCHE
541. **Robert Walser** LA PROMENADE
542. **Elio Vittorini** LES HOMMES ET LES AUTRES
543. **Nedim Gürsel** UN LONG ÉTÉ À ISTANBUL
544. **James Bowles** DEUX DAMES SÉRIEUSES
545. **Paul Bowles** RÉVEILLON À TANGER
546. **Hervé Guibert** MAUVE LE VIERGE
547. **Louis-Ferdinand Céline** MAUDITS SOUPIRS POUR UNE AUTRE FOIS
548. **Thomas Bernhard** L'ORIGINE
549. **J. Rodolfo Wilcock** LE STÉRÉOSCOPE DES SOLITAIRES
550. **Thomas Bernhard** LE SOUFFLE
551. **Beppe Fenoglio** LA PAIE DU SAMEDI
552. **James M. Cain** MILDRED PIERCE
553. **Alfred Döblin** VOYAGE BABYLONIEN
554. **Pierre Guyotat** PROSTITUTION
555. **John Dos Passos** LA GRANDE ÉPOQUE
556. **Cesare Pavese** AVANT QUE LE COQ CHANTE
557. **Ferdinando Camon** APOTHÉOSE
558. **Pierre Drieu la Rochelle** BLÈCHE
559. **Paul Morand** FIN DE SIÈCLE
560. **Juan Marsé** LE FANTÔME DU CINÉMA ROXY
561. **Salvatore Satta** LA VÉRANDA
562. **Erskine Caldwell** TOUTE LA VÉRITÉ
563. **Donald Windham** CANICULE
564. **Camilo José Cela** LAZARILLO DE TORMÈS
565. **Jean Giono** FAUST AU VILLAGE
566. **Ivy Compton-Burnett** DES HOMMES ET DES FEMMES

567. **Alejo Carpentier** LE RECOURS DE LA MÉTHODE
568. **Michel de Ghelderode** SORTILÈGES
569. **Mercè Rodoreda** LA MORT ET LE PRINTEMPS
570. **Mercè Rodoreda** TANT ET TANT DE GUERRE
571. **Peter Matthiessen** EN LIBERTÉ DANS LES CHAMPS DU SEIGNEUR
572. **Damon Runyon** NOCTURNES DANS BROADWAY
573. **Iris Murdoch** UNE TÊTE COUPÉE
574. **Jean Cocteau** TOUR DU MONDE EN 80 JOURS
575. **Juan Rulfo** LE COQ D'OR
576. **Joseph Conrad** LA RESCOUSSE
577. **Jaroslav Hašek** DERNIÈRES AVENTURES DU BRAVE SOLDAT CHVÉÏK
578. **Jean-Loup Trassard** L'ANCOLIE
579. **Panaït Istrati** NERRANTSOULA
580. **Ana María Matute** LE TEMPS
581. **Thomas Bernhard** EXTINCTION
582. **Donald Barthelme** LA VILLE EST TRISTE
583. **Philippe Soupault** LE GRAND HOMME
584. **Robert Walser** LA ROSE
585. **Pablo Neruda** NÉ POUR NAÎTRE
586. **Thomas Hardy** LE TROMPETTE-MAJOR
587. **Pierre Bergounioux** L'ORPHELIN
588. **Marguerite Duras** NATHALIE GRANGER suivi de LA FEMME DU GANGE
589. **Jean Tardieu** LES TOURS DE TRÉBIZONDE
590. **Stéphane Mallarmé** THÈMES ANGLAIS POUR TOUTES LES GRAMMAIRES
591. **Sherwood Anderson** WINESBURG-EN-OHIO
592. **Luigi Pirandello** VIEILLE SICILE
593. **Guillaume Apollinaire** LETTRES À LOU
594. **Emmanuel Berl** PRÉSENCE DES MORTS
595. **Charles-Ferdinand Ramuz** LA SÉPARATION DES RACES
596. **Michel Chaillou** DOMESTIQUE CHEZ MONTAIGNE
597. **John Keats** LETTRES À FANNY BRAWNE
598. **Jean Métellus** LA FAMILLE VORTEX
599. **Thomas Mofolo** CHAKA

600. **Marcel Jouhandeau** LE LIVRE DE MON PÈRE ET DE MA MÈRE
601. **Hans Magnus Enzensberger** LE BREF ÉTÉ DE L'ANARCHIE
602. **Raymond Queneau** UNE HISTOIRE MODÈLE
603. **Joseph Kessel** AU GRAND SOCCO
604. **Georges Perec** LA BOUTIQUE OBSCURE
605. **Pierre Jean Jouve** HÉCATE suivi de VAGADU
606. **Jean Paulhan** BRAQUE LE PATRON
607. **Jean Grenier** SUR LA MORT D'UN CHIEN
608. **Nathaniel Hawthorne** VALJOIE
609. **Camilo José Cela** VOYAGE EN ALCARRIA
610. **Leonardo Sciascia** TODO MODO
611. **Théodor Fontane** MADAME JENNY TREIBEL
612. **Charles-Louis Philippe** CROQUIGNOLE
613. **Kôbô Abé** RENDEZ-VOUS SECRET
614. **Pierre Bourgeade** NEW YORK PARTY
615. **Juan Carlos Onetti** LE CHANTIER
616. **Giorgio Bassani** L'ODEUR DU FOIN
617. **Louis Calaferte** PROMENADE DANS UN PARC
618. **Henri Bosco** UN OUBLI MOINS PROFOND
619. **Pierre Herbart** LA LIGNE DE FORCE
620. **V. S. Naipaul** MIGUEL STREET
621. **Novalis** HENRI D'OFTERDINGEN
622. **Thomas Bernhard** LE FROID
623. **Iouri Bouïda** LE TRAIN ZÉRO
624. **Josef Škvorecký** MIRACLE EN BOHÊME
625. **Kenzaburô Ôé** ARRACHEZ LES BOURGEONS, TIREZ SUR LES ENFANTS
626. **Rabindranath Tagore** MASHI
627. **Victor Hugo** LE PROMONTOIRE DU SONGE
628. **Eugène Dabit** L'ÎLE
629. **Herman Melville** OMOU
630. **Juan Carlos Onetti** LES BAS-FONDS DU RÊVE
631. **Julio Cortázar** GÎTES
632. **Silvina Ocampo** MÉMOIRES SECRÈTES D'UNE POUPÉE
633. **Flannery O'Connor** LA SAGESSE DANS LE SANG

634. **Paul Morand** LE FLAGELLANT DE SÉVILLE

635. **Henri Michaux** DÉPLACEMENTS DÉGAGEMENTS

636. **Robert Desnos** DE L'ÉROTISME

637. **Raymond Roussel** LA DOUBLURE

638. **Panaït Istrati** ONCLE ANGHEL

639. **Henry James** LA MAISON NATALE

640. **André Hardellet** DONNEZ-MOI LE TEMPS suivi de LA PROMENADE IMAGINAIRE

641. **Patrick White** UNE CEINTURE DE FEUILLES

642. **F. Scott Fitzgerald** TOUS LES JEUNES GENS TRISTES

643. **Jean-Jacques Schuhl** TÉLEX N° 1

644. **Guillaume Apollinaire** LES TROIS DON JUAN

645. **Curzio Malaparte** LE BAL AU KREMLIN

646. **Rainer Maria Rilke** DEUX HISTOIRES PRAGOISES

647. **Junichirô Tanizaki** LE SECRET ET AUTRES TEXTES

648. **V. S. Naipaul** UN DRAPEAU SUR L'ÎLE

649. **Adalbert Stifter** LES GRANDS BOIS

650. **Joseph Conrad** AU CŒUR DES TÉNÈBRES

651. **Piotr Rawicz** LE SANG DU CIEL

652. **Julio Cortázar** FAÇONS DE PERDRE

653. **Henri Calet** DE MA LUCARNE

654. **William Faulkner** LES LARRONS

655. **Truman Capote** LES CHIENS ABOIENT

656. **Robert Walser** LE BRIGAND

657. **Jean Rhys** SOURIEZ, S'IL VOUS PLAÎT

658. **Mouloudji** ENRICO

659. **Philippe Soupault** CHARLOT

660. **Patrick White** ÉDEN-VILLE

661. **Beppe Fenoglio** L'EMBUSCADE

662. **Cesare Pavese** LE BEL ÉTÉ

663. **Iris Murdoch** AMOUR PROFANE, AMOUR SACRÉ

664. **Giuseppe Antonio Borgese** VIE DE FILIPPO RUBÈ

665. **Federico García Lorca** IMPRESSIONS ET PAYSAGES

666. **Blaise Cendrars** MON VOYAGE EN AMÉRIQUE suivi du RETOUR

667. Graciliano Ramos SÃO BERNARDO
668. Darcy Ribeiro UTOPIE SAUVAGE
669. Pierre Gascar LE PRÉSAGE
670. Cesare Pavese SALUT MASINO
671. D. H. Lawrence LES FILLES DU PASTEUR
672. Violette Leduc LA VIEILLE FILLE ET LE MORT
673. Marcel Proust CHRONIQUES
674. Philippe Soupault LE TEMPS DES ASSASSINS
675. Claudio Magris ENQUÊTE SUR UN SABRE
676. Alejo Carpentier CHASSE À L'HOMME
677. Roger Caillois PONCE PILATE
678. Jean Paulhan LE GUERRIER APPLIQUÉ. PROGRÈS EN AMOUR ASSEZ LENTS. LALIE
679. Milan Füst L'HISTOIRE DE MA FEMME
680. Marc Bernard MAYORQUINAS
681. Ernst von Salomon LE QUESTIONNAIRE
682. Nelson Algren LA RUE CHAUDE
683. Thomas Bernhard UN ENFANT
684. Jorge Luis Borges ANTHOLOGIE PERSONNELLE
685. Violette Leduc LA FEMME AU PETIT RENARD
686. Isaac Babel CONTES D'ODESSA suivi de NOUVELLES
687. Karen Blixen LETTRES D'AFRIQUE 1914-1931
688. Robert Desnos NOUVELLES HÉBRIDES suivi de DADA-SURRÉALISME 1927
689. Kenzaburô Ôé LE JEU DU SIÈCLE
690. Joseph Conrad UN PARIA DES ÎLES
691. Inès Cagnati LE JOUR DE CONGÉ
692. Kenzaburô Ôé LE FASTE DES MORTS
693. Raymond Queneau LE DIMANCHE DE LA VIE
694. Louis Calaferte C'EST LA GUERRE
695. Vladimir Nabokov ROI, DAME, VALET
696. Lawrence Durrell LE SOURIRE DU TAO
697. Henri Calet FIÈVRE DES POLDERS
698. Eugène Ionesco LE BLANC ET LE NOIR
699. Erskine Caldwell LES VOIES DU SEIGNEUR

700. **Vassili Axionov** L'OISEAU D'ACIER
701. **John Updike** COUPLES
702. **Thomas Bernhard** LES MANGE-PAS-CHER
703. **Alejo Carpentier** LA DANSE SACRALE
704. **John Edgar Wideman** DEUX VILLES
705. **Réjean Ducharme** DÉVADÉ
706. **Lawrence Osborne** ANIA MALINA
707. **René Depestre** ALLÉLUIA POUR UNE FEMME-JARDIN
708. **Hector Bianciotti** SANS LA MISÉRICORDE DU CHRIST
709. **Nathalie Sarraute** MARTEREAU
710. **Isaac Babel** CAVALERIE ROUGE
711. **Panaït Istrati** CODINE. MIKHAÏL. MES DÉPARTS. LE PÊCHEUR D'ÉPONGES
712. **John Rechy** CITÉ DE LA NUIT
713. **Peter Handke** HISTOIRE D'ENFANT
714. **Ernst Jünger** LE LANCE-PIERRES
715. **John Dos Passos** AVENTURES D'UN JEUNE HOMME
716. **Anna Maria Ortese** LA DOULEUR DU CHARDONNERET
717. **Victor Segalen** LETTRES D'UNE VIE
718. **Jean Giono** POUR SALUER MELVILLE
719. **Herman Melville** PIERRE OU LES AMBIGUÏTÉS
720. **Herman Melville** VAREUSE-BLANCHE
721. **Amos Oz** JUSQU'À LA MORT
722. **Amos Oz** LA COLLINE DU MAUVAIS-CONSEIL
723. **Anna Maria Ortese** L'IGUANE
724. **Isaac Babel** MES PREMIERS HONORAIRES
725. **Natalie Barney** NOUVELLES PENSÉES DE L'AMAZONE
726. **William Styron** LA PROIE DES FLAMMES I
727. **William Styron** LA PROIE DES FLAMMES II
728. **Gisèle Halimi** LE LAIT DE L'ORANGER
729. **Andrée Viollis** CRIQUET
730. **Hélène Cixous** LE LIVRE DE PROMETHEA
731. **Chantal Akerman** MA MÈRE RIT
732. **Hervé Guibert** L'INCOGNITO
733. **Édouard Glissant** LE QUATRIÈME SIÈCLE

Achevé d'imprimer par Dupliprint à Domont (95) en juillet 2023.
Dépôt légal : juillet 2023.
Premier dépôt légal dans la collection : janvier 1988.
Numéro d'imprimeur : 2023063341.
ISBN : 978-2-07-071229-8/Imprimé en France

613079